「じゃあ、あなたの名前はハクで」
「ありがとうう!」
悪役令嬢になんかなりません。私は『普通』の公爵令嬢です! 2
ハク
土の精霊。
見た目は巨大なモグラ。
ロザリンドに命を救われ、
契約精霊に。

新たな仲間と一緒に
親睦会は肉パーティー!!
ロザリンド＝ローゼンベルク
乙女ゲームの悪役令嬢ロザリアに転生した元日本人。ロザリアと元日本人の渡瀬凜が融合し、ロザリンドと名乗るように。トラブル吸引力がとんでもない、だいぶお茶目なご令嬢。
ディルク＝バートン
侯爵家の一人息子だが、現在クリスティア王国の騎士団に在籍。黒豹獣人の血が流れているため、完全獣化すると黒豹の姿になる。ロザリンドの婚約者。

ジェンド
ロザリンドの従弟。
瀕死のところをロザリンドに救われ、懐いている。
超直感持ち。
ジェラルディン
SSSランク冒険者で超直感持ち。かなりの脳筋でマイペース。
ジェンドの父親。
オルド
元暗殺者のフクロウ獣人。
マリー
ふわふわ毛並みの白猫獣人。
ネックス
無口すぎる蛇獣人。
ポッチ
顔だけ犬な犬獣人。

「に、似合う？」
「うん。可愛い」
ディルクが選んだ洋服で
幸せデート満喫中！

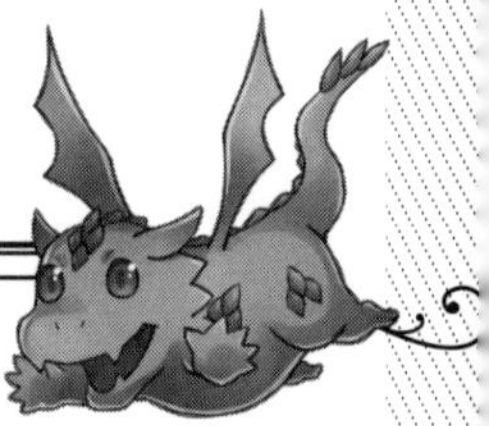

悪役令嬢になんかなりません。私は『普通』の公爵令嬢です！

2

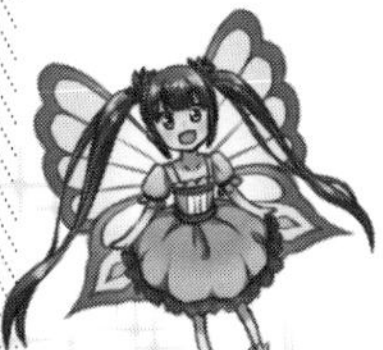

明。

illustration
秋咲りお

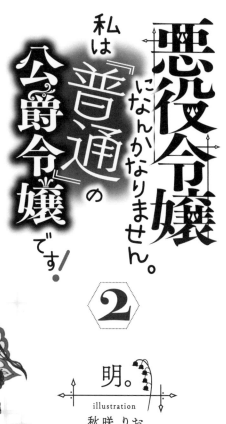

口絵・本文イラスト
秋咲りお

装丁
おおの蛍（ムシカゴグラフィクス）

Contents

プロローグ　幸運と探し人

とてもハマっていた乙女ゲームの世界に多分転生した日本人である、渡瀬凛《わたせりん》。そんな私が転生したキャラは死亡フラグに愛されまくっている悪役令嬢・ロザリア＝ローゼンベルクだった。ロザリアの魂と融合した私は、共に自らの死亡フラグ回避のために戦うことを決意した。

家族関係を改善し、王子ではなく大好きだったサブキャラ・ディルクと婚約。

死亡フラグを回避しつつ、自らを鍛えた私達。エルフの村でちょっとした騒動に巻き込まれたため、冒険者ギルドで後処理をしてから帰路に就いた。

お世話になった冒険者パーティー・自由な風と別れ、私達は家に帰ろうとしていた途中、雨が降り出した。

「あ、雨」

しかし、ハルが風で雨を弾《はじ》いてくれるのでまったく濡《ぬ》れない。視界の端に、灰色があった。

「……？」

灰色はよく見ると動いている。私は迷わず路地裏に駆け出すと、灰色の子犬を抱き上げた。子犬は弱りきっているのかぐったりしていた。身体《からだ》も冷たい。

ブした。


「コウ！」

「うん！」

コウが私の周囲を温めるが、まだ足りない。私は転移の魔法を起動し……温かい湯舟の中にダイブした。


急いだので目測を誤ったらしい。私もディルクもびしょびしょである。精霊さん達は飛べるから無事。まあ、身体が冷え切った子犬にはちょうどいい。温かくなって……ん？　私の肩にいたものが、肌色になっている。


「え？」

私は灰色獣耳の少年を抱っこしていた。

「完全獣化できる獣人か。珍しいね」

やめて、耳元で喋《しゃべ》るな！　とふりむいて言おうとして固まる私。ディルクがセクシーになっている！　私のせいで風呂場《ふろば》に落ちたのが原因ですが、黒髪がしっとりして耳もピルピル水滴を弾いて……服が濡れて張り付いて素晴らしい筋肉がくっきり見えます。はう、眼福。

「ロザリンド、気持ち悪い」

私の邪《よこしま》な何かを感知したスイ（毒舌）にどつかれました。なんでバレたんだろう。

「とりあえず、乾かそう」

コウ&ハルによるドライヤー魔法（私オリジナル）であっという間に乾きました。

風呂《ふろ》が泥だらけなので後でマーサに土下座ですね。

少年は全裸でした。というか、この子供どこかで……。

『欲しいモノが手に入ったり、ものすごく幸運になる』

そういえば、私はスイのお祖父《じい》様に幸運の魔法をかけてもらっていました！

「ロザリンド？」

「この子、ずっと探してた私の従弟《いとこ》‼　やっと見つけた！」

子供……ジェンドはシナリオ通りなら、途中我が家の養子になります。ロザリアが十才の時にジェンドは身寄りをなくして引き取られるのです。タイミング悪く同時期に母は父の浮気を疑ったまま死去。ロザリアはジェンドが父の浮気相手の子供と思い込みいじめぬく、そしてその復讐《ふくしゅう》で殺されるロザリア……まさに負のスパイラル！

というか、探していたジェンドと引き会わせるなんて、お祖父様の魔法超すごい！　運命すら捩《ね》じ曲げる強運⁉

しかし、ジェンドはよほど酷《ひど》い目にあわされたのでしょう。身体は傷だらけできちんと手当てされず、膿《う》んだ傷もあります。身体はガリガリ、体格も私の一つ下のはずが、八才程度の体格です。アリサの魔法は毒素やらばい菌も浄化できるようで、膿んだ傷や身体を浄化し、私の魔法で怪我《けが》を癒《いや》しました。

くきゅううと、可愛《かわい》くお腹《なか》が鳴りました。とりあえず、服とご飯ですね。マーサにお願いしました。

　さてさて、我が家の居間でエルフの森の出来事から今までの話を両親、兄、アーク&マーサに説明しました。ジェンドは目が覚めず、寝かせています。

「ロザリンド」

「はい」

「僕に無茶するなって言ったのは誰だぁぁ！」

「うわーん！　ちゃんと勝算はあったしきちんと倒しましたよ！　味方は無傷でしたよ！」

背も高くなり、力も強い兄のウメボシ攻撃は効きます。痛かった……。

「ふむ、我が甥《おい》……ジェンドと言ったか。それはどうする？」

「正直、かなり酷い扱いをされていたようですし、私が面倒を見ます。費用も全《すべ》て負担します。我が家に置いてはもらえませんか」

「……断ったら家出か？」

「賢者の家に住み込みか、借家を借りてディルクと住みます」

「妙に具体的だな……お嬢様」

本気ですから。懐に不安もありませんしね。

「私はかまわん」

「私も賛成よ」

「仕方ないね」

こうして、ジェンドは我が家に滞在することになりました。

「俺、今日は帰るね。色々大変そうだし」

もう夕方ですし、私はディルクをお見送りすることに。またね、のキスをして……別れ難くて、エントランスではなく門までついて行こうとして、少しだけ甘えました。

「もう少しだけ、いたらだめ？」

「う、うん」

さりげなく絡む尻尾《しっぽ》。これ無意識なんだよね。今日は腕か。

腕に絡んだ尻尾を撫《な》でたら可愛い悲鳴が……猫？

「うにゃ⁉」

「ロザリンド、尻尾はだめ！」

「いや、ディルクが腕に絡めたからつい撫でたくなりまして」

「俺の本能、消えされ‼　ロザリンドが可愛いからって無意識に尻尾が絡むのどうにかなれぇぇ‼」

私の婚約者は今日も安定の可愛さです。お見送りしてエントランスに戻ると叫び声がしました。

部屋には怯《おび》えたジェンドがいました。メイドもジェンドに怯えた様子。目線で下がらせ、私は少し距離をとった位置で彼に語りかけました。

「はじめまして。私はロザリンド。あなたのいとこです。お姉ちゃんって呼んでね」

またお腹が鳴った。たまたま持っていたクッキーを近づけると素早く奪って食べた。それを繰り返し、クッキーが無くなったので私はジェンドに言った。

「まだお腹すいてるでしょ？　おいで」

伸ばした手に、小さな手が震えつつも重なった。

「あい」

声は予想よりずっと幼かった。ジェンドは大人に酷い扱いをされたようで、男女問わず怖がった。例外は父である。ジェンドの母は父の妹でどこか似ているのか、怖がらなかった。子供にじゃれられ固まる父はとても珍しく、アークが爆笑していた。

ジェンドはたくさん食べた。食べすぎで気持ち悪そうにしながらも食べようとするので、そっと触れてから優しく言い聞かせた。

「また明日、お腹がすいたらお姉ちゃんと食べよう」

「あい」

ジェンドは素直な子供だった。うとうとしているので抱っこして寝かしつけた。

さて、私もそろそろ寝るかというところで悲痛な声が屋敷中に響き渡った。

「あああああああ!!」

「ジェンド!?」

ジェンドは獣化していた。涙を流し、獣になったジェンドはひたすらに叫んでいた。

「やめて、ぶたないで、ごめんなさい……って言ってるよ、お姉ちゃん。かわいそう……」

コウには叫び声の意味が解《わか》ったらしく、教えてくれた。

ゆっくりと近づき、そっと触れると身体が震えた。肩を噛《か》まれる。錯乱しているのだろう。痛いが、我慢できないほどではない。目線で大丈夫と精霊達に合図する余裕があるぐらいだ。

「ここは、お姉ちゃんのおうち」

抱きしめて、優しく撫でて、少しでも伝わるよう祈る。

「こわいのもつらいのも、もうおしまい」

大丈夫だよ、もう泣かなくていいんだよ。

「お姉ちゃんがまもってあげる。だから、もう大丈夫」

「あ、あ……」

獣化は解けて普段の姿になる。ああ、おねしょしたのか。で、怒られるとパニックになったんだ。

アリサに頼んで綺麗《きれい》にしてもらい、ドライヤー魔法で乾かした。

肩の傷が気になるらしく、ペロペロしている。さすがにしみるので傷は治した。綺麗になった肌を見せ、大丈夫だよと言うと不思議そうにしていた。

この大騒ぎに大人も駆け付け、ジェンドがパニックになり、落ち着かせるのが大変でした。

そしてすでに傷はないものの血まみれな私の姿にさらに騒動が起きました。浄化もしといたら完全犯罪だったのに。うっかりしていました。

結局、ジェンド独りは不安なので兄と私で今日はサンドイッチして眠ることに。

「あ……」

ふにゃ、と柔らかく笑う可愛いジェンドに和み、三人で今度こそ眠りについたのでした。

第一章　私とジェンドと朝とお城

　ジェンドはほとんど喋れないらしい。「はい」が「あい」。「いいえ」が「うー」。彼の意思表示は基本それだけ。退行しているのか、それともアリサが探知できないような特殊な呪《のろ》いなのか、元々こんなに内面が幼いのかわからない。

　朝、よく寝ていたので起こさずいたら、またしても叫び声が聞こえた。

「ああああああ！」

「こわい、ここどこ……だって」

　またコウが通訳してくれる。

「おはよう、ジェンド」

「あ……」

　昨晩とは違い、ジェンドはすぐ私に気がついた。走って私にしがみつく。ぐは、結構力がある。

「ここはお姉ちゃんのおうちだよ。おきがえして、ごはんにしよう」

　ジェンドに服を着せる。ボタンが難しいみたい。服は兄のおさがりである。なかなか似合うが尻尾が窮屈そうなので、針仕事が得意なメイドに穴をあけてもらった。尻尾はふさふさだが毛艶《けづや》が悪い。栄養状態が良くなれば綺麗になるかな？　ブラシをかけるとサラサラになり、ブンブン尻尾が揺れた。ブラッシングしにくいが、喜んでいるらしい。

「ごはん、いこう」

手を伸ばすと、素直に手を重ねてきた。昨日《きのう》と違い、手は震えていなかった。

さて、朝ごはんです。予想していたが、ジェンドは昨日同様いわゆる犬食い。私がスプーンをわざとカチャ、といわせて興味を引く。

スプーンですくい、口に運ぶ。多少空腹が満たされ落ち着いたのか、私の動きを見たジェンドは真似《まね》をした。

「わあ、ジェンドはおりこうさんね。上手よ」

少しおおげさにほめつつ頭を撫でると、尻尾がブンブン揺れまくる。

「あい！」

「うふふ、おりこうさんね」

「……えらいな」

「……うん。いい子」

母や父、兄からもほめられ、ジェンドはドヤ顔で尻尾をブンブンしている。兄のナデナデにも嬉《うれ》しそうだ。ちゃんと私達のテーブルマナーを真似しだした。手先も器用だし、賢そう。ほめられるたびに尻尾が勢いよくブンブンしていて……犬っぽい。毛艶もないせいか、灰色の犬っぽい。可愛い……。

ジェンドは食後口がべとべとだったので丁寧に拭《ぬぐ》ってやり、服もべとべとなので着替えさせた。

兄は学校なので一緒にお見送りをする。

「兄様、いってらっしゃい」

ジェンドは兄がどこかに行くことを理解したらしい。

「フー、キューン、キューン、キューン」

切なげな声で鳴きはじめた。固まる兄。その鳴き声はまさに、段ボールに入れられて捨てられた子犬。

兄がUターンして戻ってきました。

「僕、帰ったらたくさん遊んであげるからね。ロザリンド……お姉ちゃんといいこで待ってて。ちゃんと帰るよ。約束するから」

「……あい」

耳も尻尾もションボリとへたりながら、ジェンドはちゃんと返事をした。

今日は父の仕事を手伝う予定。一緒に城に行くのだが……ジェンドどうしよう。

「……連れていくぞ」

「いいんですか？」

「かまわん。それにロザリンドが居ないとジェンドも不安だろう」

「父様大好き‼」

勢いよく飛びつく私に、びくともせず私を抱きとめる父。

「あー、あ！」

ジェンドも飛びつき父にスリスリしている。

右手に私、左手にジェンド。父、私は重いのに力持ちです。

「……よかったな」

何かをかみしめる父。なんとなく喜んでるみたいです。呆《あき》れたアークと、ニコニコしてる母。

母から行ってらっしゃいのキスをもらってお城に向かいました。母には少し慣れたのか、ジェンドは昨日と違い母を怖がりませんでした。

さて、今日もお仕事です。ジェンドにはエルフの村でもらったおもちゃで遊んでもらい、触っちゃダメなものを教えておきました。ジェンドは竹（？）トンボがお気に入りらしく、何度も飛ばしています。

「ロザリンド！　遊びに来てやったぞ」

バカ殿が従者付きで来ちゃいました。あ、でも丁度いいかもしれない。

「仕事中です」

「アルディン様、よくおいでくださいました」

普段と違い帰れと言わない私にドン引きな主従。失礼な。

「お勉強はしてきたんですよね？」

「は、はい！　最近のアルディン様はきちんとお勉強されてます」

必死に返答する従者のリンクさん。小柄で中学生ぐらいに見えるが実は成人している。ハーフエルフらしく、私よりもすごく年上だったりする。

「では、暇を持て余して私の所にいらした、と」

「というわけで遊べ」

「私は仕事中なので無理ですが……この子は私の従弟《いとこ》でジェンドというのです。寛大でお優しいアルディン殿下、ジェンドと遊んでもらえませんか？」

「し、仕方ないな！　遊んでやる！」

ちょろいな、バカ殿。なんか、最近俺様ではなく普通の子供なんだよね。私にかまわれたいんだろうな。暇がないから基本塩対応だけど。

「あ？」

ジェンドもバカ殿が悪意もなく子供であるためか、警戒していない様子。

「俺はアルディンだ。何して遊ぶ？」

おお、バカ殿も相手が年下だからか気を遣っている！　えらいえらい。

「あーう！」

ジェンドが竹（？）トンボを飛ばしてみせた。ジェンドは器用にキャッチしたバカ殿に拍手している。バカ殿はジェンドに竹（？）トンボを返すとリンクさんに少し遊んでやれと告げて神妙な表情で私のほうに来た。

「……あいつ、喋《しゃべ》れないのか？」

「だいぶ酷《ひど》い扱いをされたようで、来た時は傷だらけで手当てもされておらず、空腹で雨の中放置されておりました。かなり退行しているのか特殊な呪いかの判別がつかず、対処できない状況です」

「……そうか」

苦しげな表情になった後、彼は表情を切り替えてジェンドの所に行った。

「おい、ジェンド！　俺が友達になってやるからな！　意地悪されたら言うんだぞ！」

だから喋れないんだって。でもバカ殿……アルディン様の心配りは嬉しいものだった。父もアークも優しい目で見ている。微笑《ほほえ》ましい。

「あれ？　追い返されなかったの？」

私の仕事を妨げる奴《やつ》が来やがりました。腹黒殿下……アルフィージさんです。

「兄上！」

腹黒殿下に駆け寄るアルディン様。

「あのな、友達ができたんだ！　兄上も優しくしてやってくれ」

「あー？」

アルディン様が嬉しそうなので危険はないと判断したらしく、ちょっとずつ近づくジェンド。

何を思ったか、急にパァン‼　と手を叩《たた》いた腹黒殿下。大きな音にびっくりして安全な場所……私の机の下に緊急避難するジェンド。

何してくれるんだ、腹黒め‼　怯《おび》えて尻尾《しっぽ》を股《また》に挟んでプルプルしてるじゃないか！

「ジェンド、大丈夫だよ。悪いお兄さんにはお姉ちゃんがお仕置きするから」

「まてまて、俺が謝る！　すいません、ごめんなさい、許してくださいお願いします‼」

かなりガチなアルディン様の謝罪で仕方なく引き下がる私。

「兄上も謝ってください」

「いや、ごめんね？　なんか小動物みたいにチラチラ見ていて警戒していたから、魔がさしたんだ」

アンタ、魔がさしてばっかりだろうが。

「お詫《わ》びにこれあげる」

ジェンドにマドレーヌを差し出した。クンクン匂《にお》いを嗅《か》いで、大丈夫と判断したようだが私になぜか渡してきた。食べていい？　と許可を求められている気がした。

「……アルフィージ殿下、これの出所は？」

「あー、知らないご令嬢から」

無言でマドレーヌを腹黒に返し、私がおやつ用に持ってきたお菓子をジェンドにはあげました。ジェンドは幸せそうにクッキーを食べています。

「ロザリンド……」

「……わかりましたよ……」

某CMのチワワに匹敵する瞳《ひとみ》でアルディン様におやつをねだられ負ける私。

「僕には？」

「そのマドレーヌを食べろ。乙女の好意を無下にしたあげく、うちの従弟に得体のしれないモノを与えようとする輩《やから》に分ける菓子はない」

「えー」

「あ、兄上！　俺のを」

「あげたら今度からアルディン様にもやらん」

アルディン様、涙目。どうやっても腹黒にダメージはないな。涙目な弟を見てまた笑ってるし。この鬼畜。

結局、エルフ製おもちゃは結構珍しい品だったようで王子二人はジェンドと仲良く遊んでいった。ジェンドは腹黒をかなり警戒していたが、正しい反応だと思う。彼はもっと猫をかぶった男だったはずなのだが、断罪の件以降、私とアルディン様には隠さなくなった。いいような、悪いような。

王子達が勉強の時間だと呼び出されて帰った後、聖獣様が迎えに来てくれた。

『迎えに来たぞ』

「もう少しだけ待ってくださいねー」

慌てて机の上を片付ける。聖獣様に興味津々なジェンド。

『ふむ、獣人の子か。汝《なんじ》も来るか？　乗るがよい』

「あい！」

喜んで聖獣様に乗り、もふもふを楽しむジェンド。あああああ、羨《うらや》ましい！　私も！　私も‼　大きくなってから乗ってない！　そして私ももふりたい‼

『……ロザリンドはなぜ、泣きそうに我を見ておるのだ』

「聖獣様、ナデナデもふもふの許可をください。ジェンドばっかりずるいです！　私も！　私も、もふりたいぃぃぃ‼」

「あい」

乗っていいよ、と場所を譲るジェンド……うう、なんかいたたまれない……。

『……好きにするがよい』

呆れたご様子で横になり、お腹《なか》も差し出す聖獣様。遠慮なく！　今日は買ってきたブラシも持参していますよ！　素晴らしいふわもふを堪能しつつのブラッシング……至福です。聖獣様もうっとり、私も幸せ……いいことずくめですね！

おや？　ジェンドが……ブラッシング希望ですか？　尻尾と髪にブラッシングしてあげると満足そうでした。ジェンドは毛がぱさぱさなので、今日帰ったらトリートメントをしようと思います。

◇◇◇

聖獣様とジェンドのブラッシングが終了した辺りで、聖獣様からお話がありました。

『そういえば、今日は騎士達が模擬試合をするからディルクは遅れると言っていたぞ』

「え、見たい！　カッコイイディルクが見たいです！」

「あー」

くいくい私の手を引くジェンド。なら行こうと言ってるようだ。

『ふむ、ならば急ぐか』

獣人姿になった聖獣様に私とジェンドは担がれました。嫌な予感しかしません。

「みぎゃぁぁぁぁ‼」

「あー」

恐怖で叫ぶ私。楽しそうなジェンド。普段怖がりなのに絶叫系的なものは平気なようです。

現在三階から落下中。騎士の訓練所は一階なので、近道だと飛び降りた聖獣様に巻き込まれている私達です。

訓練所に到着すると私はぐったりしていましたが、

『お、ディルクだな』

という聖獣様の一言でアッサリと復活。

「きゃぁぁぁ！　ディルク素敵いいい‼」

私の変わり身の早さに呆れる聖獣様。ちょっと驚いているジェンド。そして声にびっくりして相手を投げ飛ばしてしまったディルク。無駄のない動きですね、素晴らしい。

「おーい、たまには混ざるか？　嬢ちゃん」

私を見つけたルドルフさんから、まさかのお誘い。

「え、マジですか？」

ざわつく騎士さん達。ロザリアが超やる気です。実戦に優《まさ》る訓練はないそうな……いやいや、ジェンドを見知らぬ大人達の中に置いて行けません。え？　聖獣様が面倒みるから大丈夫？　聖獣様の心配りに色んな意味で涙が出そうです。

ジェンド……そのジェスチャーはいってらっしゃいですか、そうですか。というわけで……ロザリンド、飛び入り参加決定です。さすがにドレスでの参戦は……できなくはないがしたくないので騎士見習いの服に着替えて準備万端！

「あ、ルドルフさんに質問です。魔法は使用可能ですか？」

「おお、魔法主体な相手との戦闘経験も必要だろうからな。加減はしてくれよ？」

「了解しました！　死なない程度に痛めつけます！」

周囲の騎士さん達に怯えられました。……誰だ、魔女王超怖いとか言ったの。いまだに言う人が居たんだね。


初戦はロスワイデ侯爵子息でした。

「よろしくお願いします」

「手加減はせんぞ」

「望むところです」

向かい合い、お互い武器を構える。私の武器は素早さと手数重視の双剣。対するロスワイデ侯爵子息はロングソード。

「では、始め！」

すでに身体《からだ》はロザリアが制御している。合図と同時に加速の魔法を展開。ロザリアは一瞬で距離をつめ、双剣の柄《つか》でロスワイデ侯爵子息を強《したた》かに打ち付けた。

「かは……」

お腹をおさえて倒れるロスワイデ侯爵子息。そして動かない。

「あや？」

「し、勝者ロザリンド嬢」

勝ちました。あ、すいません。痛いですよね。治癒魔法を使います。治ったーと思ったら、怒鳴られました。

「普通魔法を使うだろう！」

え？　怒るとこ、そこ？

「使いました」

「は？」

「加速、しました」

「……そうか」

なんかうなだれてしまいました。次は負けないからな！　と言われましたが、次はないといいなと思います。

あの人、騎士団の中ではかなり強いので、奇襲しようとロザリアと作戦を立てて挑んだんですから。

「いやあ、さすが嬢ちゃんだな！　アイツはなかなかの腕なんだが、魔法も使わず倒すとは思わなかったぜ！」

私をバシバシ叩くルドルフさん。痛いです！

「魔法は使いましたよ」

「は？　でも詠唱とか、なかったよな？」

「詠唱なんて実戦でつかえねーと賢者様から教わりました。前衛無しなら詠唱無しは基本ですよ」

確かに遠隔系統で距離を稼ぐやり方はあるが、今回みたいな中〜近距離では自殺行為。戦闘では詠唱無しが基本というのは、まともかつ私が納得できる数少ない賢者の教えの一つである。

「はー、嬢ちゃんは賢者のジジイに弟子入りしていたのか。さすがだな」

何やら納得されました。さすがはダメ人間でも賢者様。帰りに甘味でもあげようかな。

二戦目は、獣人部隊の隊長さん。レオニードさんという獅子《しし》の獣人さんです。なんか私、やたらと強い人にばかり当たっていませんか？

え？　途中参加だから強いのが残っていた？　なんてこった。今回もあらかじめ作戦は決めてある。さあ、吉と出るか凶と出るか……。

「では、始め！」

あらかじめ用意していた術が発動した。ディルクとジェンド達には影響がないよう発動前に遮音結界をサービス。

「うがぁぁぁぁ‼」

効果は抜群だ！　めちゃくちゃ苦しんでいる！

何をしたかと言えば、獣人の耳の良さを逆手にとったのだ。耳がいい＝耳が敏感。では、不快な音を大音量でぶつけたら……ああなるわけだ。

もはや戦闘不能になって、悶《もだ》え苦しむレオニードさん。ちなみに不快な音は窓ガラスにきいいいいいって奴《やつ》。練習したら、風魔法で使えるようになりました。他にもバリエーションはあるけど、デイルク曰《いわ》くこれが一番不快だそうです。こんなアホな発想したのは私だけらしく、賢者も呆《あき》れる嫌がらせ魔法だったのですが、効果は見ての通り。獣人相手なら相当有効な手段のようですね。

「えい」

もはや戦えないレオニードさんの喉《のど》に剣をつきつけた。

あれ、審判……審判も涙目でうずくまっていました。すまぬ。皆さん、魔法解除したら復活しました。

「勝者、ロザリアに勝ったけど不完全燃焼だと文句を言われました。すまぬ。

「勝者、ロザリンド嬢！」

「嬢ちゃん」

「はい」

「あの魔法は使用禁止で」

案の定、不快な音魔法はルドルフさんから使用禁止を言い渡されました。ロザリアにも怒られたし、もうしません。

「はーい」

「しっかし、変な魔法だな」

「オリジナルなんですよ」

「……嬢ちゃんが規格外なのはよくわかった」

私は途中飛び入りでしたので、次が準決勝らしいです。お相手はカーティス＝ブラン！　相手に

とって不足なし！　超直感対策を見せてやるぜ！　と超絶私はやる気……むしろ殺《や》る気です‼


「では……始め！」

「まいりました」

「……は？」

「……カーティス＝ブラン……棄権……ですか？」

一応確認する審判さん。

「嫌な予感しかしない！　棄権します！」

「ふざけんな、カーティス！　私のこの殺る気はどうしたらいいの⁉」

「怖いよ！　やる気じゃなく殺す気と書いて殺る気になってる気がする！　俺は自分の身が可愛《かわい》いです‼　棄権させてください‼」

結局本人に戦闘の意思がないので受理されちゃいました。後で見てなさい、カーティスめ！　絶対実験してやるんだから！

さて、決勝はディルクが相手でした。

「俺も棄権したら……」

「しばらく口きかない」

「……が、がんばる」

「よし」

審判がプルプルしている。よく見たらカーティスじゃないか。シバいたろか。

「……始め！」

火花が散る。ディルクも私も基本は速度重視で手数を稼ぐタイプ。しかしディルクは体格が良くなり、速度と重さを両立させた。彼の今の武器は槍《やり》。正直懐に入る隙がない。

そこで、私の出番である。普段は物理のみで手合わせしているから、私は身体強化を使うぐらいだったが、今日は違う。ちなみに、戦績は五十戦四十八敗二分け。負けています。普通にディルクは強い。しかし、私はディルクをずっと観察してきた。ディルクの癖も熟知している。

「うわ⁉」

ディルクが右足で踏みこもうと重心をかけた瞬間、私の落とし穴魔法が発動した。バランスを崩した一瞬の隙を、ロザリアが見逃すはずもない。

「はあっ！」

槍を弾《はじ》き、空いた懐に滑り込み、喉元《のどもと》に刃《やいば》を当てた。

「勝者、ロザリンド！」

「……はあ、負けた」

ディルクは耳も尻尾《しっぽ》もぺしゃんこです。ジェンドを回収するために、客席方面に歩いていこうとしたのですが、ディルクのあまりのしょんぼり具合に慰める私。

「仕方ないよ、実質は二対一だし」

「んー」

しゃがんだディルクをナデナデすると、気持ちが浮上したのか尻尾が足に絡んできた。

「見事な戦いだった。次があればぜひ手合わせしたいものだ」

レオニードさんがいつの間にか背後にいて、頭を乱暴にガシガシされた。気配が全然なかったよ！　そしてちょっと力が強すぎ……！

「すいません、正直あんなに効果があるとは……」

「負けは負けだ。次は負けん」

おお、なかなか男気がある方ですな。

「はい、私も負けませんよ」

「……ところで、いちゃつくなら二人きりでしたらどうだ？」

「ああ……」

「は？　え……ああああああもおおお……ロザリンド、本当にごめんなさいぃぃ」

尻尾に気がついたらしく、土下座しかねない様子のディルク。大丈夫！　今回はふくらはぎだからセーフだよ！

「まあ、いつもなんで。私愛されてると実感してます」

「くはっ。良かったな、ディルク。理解ある嫁で」

「うー、はい。まだ婚約者ですけどね」

涙目のディルクは青年でも天使だと思います。

「あ、あー」

ジェンドが聖獣様とやって来ました。コウも一緒です。ジェンド、目がキラッキラですよ？　どうした？

「お姉ちゃん、かっこいい……だって」

コウ、通訳ありがとう。

「レオニードさん……獣人って強い＝かっこいいですか？」

「ん？　まあ、強い＝魅力的ではあるな。雄も雌も、強いモノが好まれる風潮はある。特にその子供は狼《おおかみ》の獣人だろう。アンタをさっきの戦闘で上位か自分のボスと認識したんじゃないか？」

「おうふ……違うと言ってくれ、ジェンド……」

「うー、あ」

「大体あってるって」

「……マジで⁉　いや、どっち⁉　上位かボスかで私の心的ダメージは、大幅に違うよ⁉」

「あれ？　ロザリンドその子供どうした？　ついにディルクのもふもふに飽きたのか？」

カーティスや他の騎士さんもわらわら来ました。あっという間に取り囲まれる。ディルクのもふもふに飽きるなんてありえないと反論しようとしたら、ジェンドが叫びだした。

「あ……あああああああ！」

騎士さん達に囲まれたことでパニックを起こしたのか、怯《おび》えてしまったようだ。騎士さん達も、え？　何？　とびっくり。

「だ、大丈夫！　お姉ちゃん強いから！　こわくないよ！」

私の必死の説得も虚《むな》しく、ジェンドはビビりすぎて聖獣様の上でおもらしをしてしまいました。

「誠に申し訳ありません」

私は日本古来より伝わる謝罪……土下座をしております。聖獣様の奇跡の毛皮におもらしさせてしまうなんて……すでに聖獣様は騎士さん達に洗われて、私に乾かされもふふわを取り戻しています。いや、浄化あるけど、気分的に微妙ですよね。洗いたいよね。

ちなみに汗をかいたディルクもジェンドとお風呂《ふろ》です。ジェンドは獣人も平気らしく、彼らに任せることにしました。

『……仕方ない。我の配慮も足らなかった。アレは人に虐げられたのだな。恐怖が伝わった』

「……はい」

『叱《しか》るな。我も怒っておらん』

「ありがとうございます」

『うむ』

優しい聖獣様、本当に大好きです。さりげなくもふる私に仕方ないなぁと好きに触らせてくれます。最近はデレ期なのか、人前では……と言いません。諦《あきら》めたのかもしれませんが、私は幸せです。

私がもふもふを堪能していると、ジェンドが走ってきました。

「あー！　あ！　あ！」

『怒っておらぬ。男が泣くでない』

ジェンドは多分、泣いて謝っているのでしょう。聖獣様は優しく涙を舐《な》めとっています。

「あ、あ」

ジェンドも頷《うなず》いて泣き止《や》もうとしています。

『うむ。偉いぞ』

聖獣様はジェンドにスリスリしています。羨《うらや》ましい……いや、ここは空気を読みますけどね。

「ロザリンド嬢」

レオニードさんが神妙な表情で私の側《そば》に来た。

「あの子供……ジェンドから事情は聞いた。かなり過酷な目にあわされたようだ」

「……はい」

「ジェンドをどうするつもりだ？」

「当面は我が家で保護ですね。母が居るはずなので向こうの出方次第ではありますが、関わった以上あの子は私が守ります。約束しましたしね」

「ふむ。ロザリンド嬢、貴女《あなた》は魅力的だな」

「……はい？」

「その情の深さ、強さは好ましい。実に獣人好みだ」

「はあ……」

「俺も後数年若ければ放っておかないところだが……」

なんかレオニードさん、変なフェロモン出してない？　ディルク、ヘルプ！　悪気はなさそうだからどつきにくい！　いやぁぁ、顎《あご》クイやめて！

「……何をしている」

あ、ディルクが戻ってきた！　助かった……とあからさまにホッとする私。しかしディルクを見て硬直した。怖い！　ディルクの顔が超絶恐ろしいんですが‼　本気で怒っていらっしゃる！

「しいて言うなら、口説いていたかな」

殺気！　殺気が痛いです！　仕方ない！　ここは私が捨て身で突撃するしかありません！

「ディルク！」

レオニードさんを振り払い、ギュッと抱き着く。スリスリとディルクに身体《からだ》をこすりつけ、まっすぐにディルクを見つめた。

「……私は誰《だれ》のもの？」

「……俺の」

「ですね。というわけですので、余計な手出しはやめてください。ロリコンとして社会的に抹殺します」

「ろり……」

「幼児性愛者、子供に性的に興奮する変態だと噂《うわさ》を流します。こういうネタは女性好みなので、瞬く間に広まって、城中の女性から絶対零度の瞳《ひとみ》で蔑《さげす》まれます。降格もあり得るかも？」

「……す、すいませんでした！」

レオニードさんは頭を下げました。ディルクも若干引いている気配。これ以上面倒なのはごめんです。

「いや、相変わらず仲いいな。こないだの夜はどうだった？」

「え、あ……」

微妙な場の雰囲気を改善しようとしたカーティスが、爆弾を投げてきた。反応して顔を赤らめるディルク。

「んー、楽しみました」

「……念のためお伺いしますが、どちらの意味でしょうか？」

ディルクの反応でまさか……的なカーティス。なぜ敬語？

「……このような場所では申し上げられませんわ」

口元に手をあて恥じらう。いつの間にか来ていたロスワイデ侯爵子息とカーティスがディルクに詰め寄った。

「何をした」

「ロザリンド！　わざと誤解を拡大しない！」

というか、この場所じゃ言えませんって言ったのにディルクに言わせようとしないでいただきたいです。

「誤解？　私にあんなに激しくなさったのに、忘れてしまわれたのですか？」

激しかったですよ、キスがね。ディルクは固まって動かない。まあ、本人も記憶が曖昧《あいまい》らしいし助け舟を出してやる。

「ディルクはお酒で記憶が曖昧でしたから、聞いてもわからないと思いますよ」

「……大丈夫だったのか？」

ロスワイデ侯爵子息は結構本気で心配しているようなので、ぼかしつつ返事をしておく。

「……痛いことはされませんでした」

「……大体わかった」

さすがだな、超直感。カーティスがニュアンスを正確に読み取ったらしく、ロスワイデ侯爵子息に伝えた。

「……ディルク、後ほど話がある」

うん、お説教だな。仕方ない。フォローしとこう。

「あの、私もうかつな部分がありましたし、散々腹いせにからかい倒したので、あんまり叱らないでくださいね？」

「……何をされたのだ？」

「寝落ちしました」

「……本当か？」

「本当です」

カーティスが爆笑している。ロスワイデ侯爵子息は脱力した模様。そして、キレた。

「紛《まぎ》らわしい！」

「すいません、ちょっとふざけすぎました」

「いや、お嬢さん本当に年ごまかしてないか？　わざと誤解させただろう」

呆《あき》れた様子のレオニードさん。

「あはは、贈り人は成人していますから、精神的には年上ですよ」

「ロザリンド……」

私にぐったりもたれ掛かるディルク。ごめんね、遊びすぎたよ。

「ま、とにかく私は身も心もディルクのモノなので、余計なちょっかいはかけないほうが身のためですよ」

にやり、と悪い笑みを浮かべた。

「社会的に抹殺されたくないならね」

「残念。こんなにいい女はなかなかいないのだがな。フラれてしまっては仕方がない」

レオニードさんは苦笑すると離れていった。ディルクが私をギュッと抱きしめる。

「レオニードさん、かっこいいよね」

「え？　はあ、そうね」

「……男らしいよね」

「うん？」

「ロザリンドは、ああいうの……好み？」

「いいえ。私の好みは黒髪サラサラ、筋肉は少なすぎずつきすぎずの細マッチョ、可愛《かわい》くてからかいやすくてかっこいい人が好みです。獣耳と尻尾《しっぽ》があって、獣化できればなおよしです」

「……つまり」

「私の好みはディルクです」

「ロザリンド……」

「で、ディルクはどのくらいのサイズの胸がお好みですか」

「だからなんで、最終的にそこへ着地するの！」

ディルクのヤキモチが嬉《うれ》しくて、普通に照れ臭かったのですよ。素直に教えませんけどね。

そしてディルクの男前な腹の虫が叫んだため、私達はお昼ご飯を食べに行きました。あ、体格が大きくなったせいか、彼の腹の虫もパワーアップしていて、ディルクはとても恥ずかしそうでした。

◇◇◇

こんにちは、皆様。私、ロザリンドは今天国にいます。

現在、私のお弁当を騎士訓練所から少し離れた場所で食べております。今日は食べやすいようサンドイッチです。ジェンド向けにハンバーガー風もありますよ。

ジェンドは夢中で尻尾をブンブン振りながら食べ、聖獣様はゆったりくつろぎながら食べ、ディルクは食べるのが早いけど、尻尾はゆったりフリフリされて、彼がご機嫌だと教えてくれる。おいしい？　なんて聞かなくたって、尻尾を見れば一目瞭然《いちもくりょうぜん》！　おいしいらしいです。

「ジェンド、お姉ちゃんの作ったごはん、おいしい？」

「あい！　あ、あ、あー！」

「とってもおいしい、お姉ちゃんすごい……だって」

コウは私の隣でまどろみつつ、通訳してくれた。背中をナデナデするときゅう、と気持ち良さそう。顎下はどうかな？　うりうり。

「うきゅう、くすぐったいよ。お姉ちゃんたら」

安定の可愛さですよ、うちの子。コウの可愛さにニヤニヤしていると、食べ終わったジェンドが私のお膝《ひざ》に来ました。すると急激にジェンドは小さくなり、子犬の姿になりました。子犬はうとうとしておねむのご様子。

「くぅん……」

ヤバい。なにこれ可愛い。超可愛い。抱っこしてほお擦りしてこの可愛さを叫びたい。いやダメだ。起きる。睡眠大事。安心できるようになってきたジェンドにまたパニックを起こさせたら可哀《かわい》想《そう》だ……。

耐えろロザリンド！　ビークール！　ビークール‼　私はやればできる子！　我慢我慢！

「くぅん」

子犬は私にスリスリしてきた。そのつぶらな瞳はお姉ちゃん、撫《な》でて？　と私に言っている。間違いない。だって尻尾ふりふりしてお腹《なか》を出しているよ。撫でたいんでしょ？　触ってもいいんだよ？　と誘惑しているんですよね！　お腹を撫でると幸せそうにうっとり目を細めるジェンド。私に撫でまくられ、熟睡してしまいました。

はぅ……まだ毛はパサパサだけど子犬可愛い……幸せ……。

「ロザリンド……」

ディルクはなぜ泣きそうなんだい。なんか、このパターンは以前にもあった気がする。獣化して、私の膝に頭を乗っけて拗《す》ねるマイハニー。

「……俺も撫でて？」

殺　す　気　か　！

首をかしげる小悪魔さんめ！　辛抱たまらん‼　ときめきすぎて死ぬ！　いや、生きる‼

私は無言でディルクの頭を膝からおろす。ディルクはなんだかえらくショックを受けた顔をしていました。私は細心の注意を払い、ジェンドを聖獣様のお腹に乗っけました。後はお願いします。聖獣様は呆れつつ、頷く。

ショックが抜けないディルクを向こうの茂みにひきずりこみ、防音・目眩《めくら》まし結界をはります。

「え？」

ディルクが再起動したが、もう遅い！

「ディルク、ディルク、ディルクううう‼　んもう、なんでそんなに可愛いのぉぉ‼　好き好き、大好き！　超可愛い！　愛してるううう‼」

「は、わ⁉　ちょっと⁉」

可愛い可愛い可愛い！　私の婚約者様、最高‼　抱きしめて押し倒し、ほお擦りした上にキスをしまくった。

「な、何⁉　なんなの⁉　んん⁉　ちょ、そこは……！」

混乱するディルク。仕方がないのです。ディルクが可愛すぎて、私の中のナニカが振り切れました。だって、さっきも抱き着いてスリスリだけで我慢したんだよ！　本当はもっといちゃつきたかったんだからあああ！

「こ、これ以上はだめ！」

無理矢理剥《は》がされました。ディルクは涙目、息切れ、乱れた衣服……。

「……セクシーだね、ディルク」

「おかげ様で！　というか、急にどうしたの？　いつもならすぐ撫でてくれるのに……ジェンドの方がいいの？」

「存分に愛《め》でるには、ジェンドを乗っけたままでは不可能ですから。私の暑苦しい愛がまだ足りませんか？」

ディルクは獣化を解除すると、恥じらいながらも言った。

「……足りない、もっとちょうだい。俺を安心させて」

ディルクは私にキスをしてきた。

「うんん!?　ぷはっ！　ロザリンド!?　い、今の……」

「んー、こないだのを真似たのですが……上手《うま》くできませんでした。ディルク、もっと……」

首に手を回し、キスをねだる。

「こ、こないだって……」

「お酒に酔ったディルク、キスがものすごく上手だったのです。まさか他に……」

「い、いません！　キス自体ロザリンドが初めて‼　あ！　まさか激しいとか上手いって……」

「キスのことでした」

「あああああもおおお！　……覚悟してね？　煽《あお》ったことを後悔させてあげる」

ディルクが見たことないぐらい、獰猛《どうもう》で色気ある表情を見せました。反射的に背筋がゾクッとします。

「うぇ？」

マヌケな声はディルクに吸い込まれました。

いや、うん。肉食獣をからかいすぎてはいけない。すごかった。腰抜けた。お酒呑《の》んでた時よりも上手かったうえに色気……色気にあてられた。黒豹《くろひょう》ってセクシーで危険な生き物ですよね。肉食獣って天敵がいないから、無邪気に見えるのです。

ディルクも可愛いだけでなくセクシーで危険な生き物でした。

「お待たせ、聖獣様」

「あ、あう……」

『……何があった』

聖獣様がヘロヘロな私とツヤツヤなディルクを交互に見る。ううう、まだ立てない……。

「端的に言うと、からかいすぎて愛ある仕返しをされました」

『……ほどほどにな』

残念なものを見る目をする聖獣様。癒《いや》しを求め聖獣様をもふる私。はう、もふもふ……。

「ロザリンド？　俺は？」

『……我にまで妬《や》くでない。余裕がないと嫌われるぞ』

「……なんか、ロザリンドはいつも余裕で、俺ばっかりわたわたしてて遊ばれてて……」

しゅんとするディルク。うう……か、からかいすぎた？

『……ロザリンド』

「はい」

『獣人は嫉妬深《しっとぶか》いが大丈夫か？』

「はい。後ディルク。実は毎回余裕なわけでもないから」

「へ？」

「た、たまに照れ隠しもあるの！　嫉妬《しっと》されて嬉しかったり、その……色々されたのが恥ずかしかったからごまかしたりしていたの！　だ、だから私だってそこまで余裕なわけでも……」

言ってて恥ずかしくて、最後は尻《しり》すぼみになってしまった。

「……あー、なんか、今なら解《わか》るかも」

「何が？」

「好きな子って、大事にして可愛がって、からかいたい。好きな子ほど、いじめたい」

する、とほっぺを撫でられた。それだけなのにゾクッときた。

「ぴ!?」

「可愛い……ロザリンド可愛い」

「あ、あわわわわ」

うっとりとした瞳《ひとみ》で先程のレオニードさんとは比べものにならない程のフェロモンを出しているディルク。まずい。ガチで力が抜けてしまう！　せ、せめて結界‼

『……ほどほどにな』

空気が読める聖獣様はジェンドを連れていってしまいました。

いやいや、助けてくださいよ‼

私の願いも虚しく聖獣様はディルクの休憩終了手前で戻り、私は散々ディルクにからかわれたのでした。う、嬉しくなんか……いや、存分にかまわれて本当は嬉しかったのですが、身がもたないのでやっぱり自分でリードしようと思いました。

◇◇◇

可愛いジェンドは起きたら全裸でした。完全獣化は可愛いのですが、服が脱げるのが困りますね。

私はディルクと別れて父の執務室に戻りました。聖獣様はお散歩らしいです。戻った私に父が声をかけました。

「遅かったな」

「騎士団の模擬試合トーナメントに飛び入り参加して優勝してきました」

「そうか」

「いやいや、昼休憩に何してたんだよ、お嬢様！　休憩なんだから、休め！」

即座にツッコミするアーク。私もそう思います。

「いや、騎士団で模擬試合をやっていると聖獣様が教えてくれたので見に行ったら、ルドルフさんに誘われて……後は成り行きです。楽しかったです」

「感想は聞いてないわ！　お嬢様は目ぇ離すと毎度とんでもないな」

頭痛《いて》ぇとため息をつくアーク。

「えー、毎回ではないでしょ」

「エルフの森」

「……不可抗力です！」

「……あの、エルフの森って、冒険者殺しを倒したとかって……」

おずおずと会話に入る秘書官さん。この人は父の執務室で初めて半年継続している猛者《もさ》である。気弱そうだが、意外に図太いなと思うことも多々ある。というか、図太くないと宰相執務室秘書官は無理なのかもしれない。

皆様は覚えているだろうか。彼は私が六才で初めて城に来た日に、書類提出を押し付けられた既婚の文官さんである。名前はジャックさん。

「ほぼお嬢様独りで仕留めたらしいぞ」

「……え？」

「……は？」

さすがにもう一人の秘書官さんも反応した。

「ち、違う！　ディルクも協力しましたよ！」

「……囮《おとり》としてな。相手を無力化して一刀両断とか……お嬢様」

「……はい」

「情報は正確に！　面倒だからって省略すんな！　しかも意図的に省いただろ！」

「気のせいです」

「ユグドラシルの件は」

「説明が面倒でした」

「一刀両断については」

「嘘《うそ》はついていません」

「……本当のことも言ってないよな？」

「てへ」

「ゴルァァア‼　ちゃんと話しなさい‼」

「いや、兄が居る場では話せなかったのですよ」

「なら、後で話せよ」

「了解です」

ジャックさんが再びおずおずと聞いてきた。この人、結構気弱そうに見えるけど度胸あるよね。

「結局、ロザリンドさんは冒険者殺しを仕留めたのですか？」

「……わ、私がやりました」

沈黙が気まずい。もう一人の秘書官さんは仕事に戻っている。クールですね！

「……小さな頃《ころ》から思っていましたが、ロザリンド様は規格外ですよね」

穏やかで遠い目をしたジャックさん。現実へ帰ってきてください。

「いや、普通です」

「「「どの辺が」」」

アーク、ジャックさん、もう一人の秘書官ナーダさんまで揃《そろ》ってツッコみました。

「な、ナーダさんまで酷《ひど》い！　俺興味ない的な雰囲気出していたくせに！」

机をバシバシ叩《たた》いて不満を表明する私。対して、ナーダさんは私から目を逸《そ》らす。ナーダさんはいつも前髪で目が見えないのです。

「……いや、事実ですから」

「……せい！」

「うわぁ!?」

ロザリア協力のもと、ナーダさんの前髪を上げてやりました。

明らかに狼狽《ろうばい》する彼の顔には額から頰《ほお》にかけて無数の鱗《うろこ》があります。硬質な針金みたいな銀の髪に、きらめく銀の鱗。瞳は澄んだ水色ですね。

「は、放して……」

「綺麗《きれい》……」

「……は？」

「ああ、失礼しました」

さっさと解放してやる。予想はしていたが結構な美青年なのだから、前髪で隠さなくてもいいのに。

「ロザリンド様は蛇獣人も平気なのですか？」

「あ、蛇さんなのですね？　ドラゴンか何かかと思っていました」

「……ドラゴン？」

「私の精霊さん、ハーフドラゴンなんですよ」

「……」

「……」

秘書官二人は顔を見合わせ、声を揃えて言いました。

「ロザリンド様はおかしいです」

「二人してなんですか！　私だってたまたま知り合ったんですよ！」

「知り合うとかいう発想が、まずありえません」

バッサリと切るナーダさん。

「そもそも、普通討伐ぐらいでしか会いませんし、会ったら即座に戦闘になりますからね？　生死を懸けた戦いになりますから、会話とか手なずけるとかまず無理ですし」

一応説明してくれるジャックさん。

「ううううう……」

　私はやはりおかしいらしいです。アークも父も笑わない！　うー、なんかショック……。

「……まあ、ドラゴンが普通なお姫様なら、蛇獣人ぐらいどうってことないですかね」

「普通にナーダさんはかっこいいと思いますよ？」

　意味がよくわからない。ナーダさんに感想を伝えると共に彼の発言に対して説明を求めました。

　ナーダさん曰《いわ》く、女子供は特に爬虫類《はちゆうるい》系統の獣人を嫌うらしい。基本的に獣人に差別意識のないと有名な私にまで嫌われるのは悲しいので、ナーダさんは鱗をひたすら隠していたらしい。

　ごめん、最初から鱗は気がついていた。むしろ私が怖がると思って隠していた方を知らなかった。

「すいません、ナーダさん……私、頭から四つに裂けて臓物撒《ま》き散《ち》らしながら触手とか出てきたらさすがに怖いですが、蛇（正確にはケツァルコアトル）に変身できる精霊さんも友人なので、蛇は大丈夫です。鱗はむしろ撫《な》でたいぐらい好ましいです」

「……俺の努力はなんだったのか……髪を切ってくる！」

　ナーダさん、ご乱心⁉　宣言通り前髪を切って帰ってきました。前髪、邪魔そうにしていたものね。さっぱりして、さらに男前ですよ。

「だーから、お嬢様は平気だって言っただろう。無駄な努力だったな」

　ケラケラ笑うアーク。頷《うなず》く父。穏やかに笑うジャックさん。

「おかえりなさい。前髪、素敵です。お似合いですよ」

「ふむ、悪くない」

「お仕事、溜《た》まっていますよ。ナーダ殿の分はとってありますから、さっさと片付けてください」

「……はい。遅れた分、しっかり働きますね」

すっきりした顔で笑うナーダさん。素早く着席して仕事を始めました。

宰相執務室は、やっとちゃんとした補佐を得られたのだと思います。彼らのおかげで父やアークの負担も軽減。有能なのでいいことずくめです。

◇◇◇

仕事が一段落したので、私が紅茶と茶菓子を用意してティータイムです。

「……なんか、このお茶を飲むとここに来てよかったと思います」

「……ああ、自分で淹《い》れても、こうはなりません」

うっとりしている秘書官の二人。

「お嬢様、俺より茶を淹れるのが上手《うま》いもんなー」

「うむ。アークは雑だ」

「ひどっ！」

私はクスクス笑いつつ、お菓子の準備中です。

「今日は新作のスフレですよー」

ジェンドは……尻尾《しっぽ》が取れそうなぐらい振ってますな。

「ジェンド、今一個あげるけどディルク達とも食べるから、残りは後でだよ？」

「あい！」

スフレは宰相執務室に大好評でした。

「あ、あー」

「お姉ちゃん、おいしいだって……本当においしい」

コウもスフレをはむはむしてます。可愛《かわい》い。

「ふわっふわ！」

「うまい……」

幸せそうな大人達に満足して、騎士団に差し入れに行くことにしました。私の鞄《かばん》は特別製なので出来立てのまま保存ができ、温かいのを食べさせてあげられます。

「ディルク！」

訓練の休憩時間は把握済みです。ディルクに手を振ると、汗を拭《ふ》いていたディルクが寄ってきました。はわ……汗が滴ってなんか髪も湿っっててセクシーですな……。

「あ、ごめん。あ、汗臭いよね！　近寄らないから！」

「いや、むしろご褒美です。臭くないです。いい匂《にお》いです」

わざと解るようにひっついて匂いを嗅《か》いだ。なぜだろう。臭くないのよね。そもそもディルクは獣臭とかしないし。

「や、やめて！　嗅がないで！」

「お気になさらず。差し入れです」

「気にするよ！　あ、ありがとう」

差し出したバスケットを受け取るディルク。

「わー、何？　中身何？」

どこからか湧いてきたカーティス。ディルクのバスケットを覗《のぞ》き込みます。

「スフレですが、カーティスにはあげない。試合、試したいことがあったのに棄権するんだもん！

ボッコボコにしてやろうと思ったのに！」

「実験台⁉　こ、こないだディルクが酔っ払った時のでチャラにならない？」

「……仕方ありませんね」

許可するとスフレを手に取り食べるカーティス。

「……手ぐらい洗ったらどうですか？」

「大丈夫！　ロザリンドがおやつ持って来る気がしたから洗ってきた！」

便利だね、超直感。天啓の無駄遣いのような気がして、半ば呆《あき》れてカーティスを見る。

「あ？　あー」

「食べていい？　食べていい？　だって。ぼくも食べたい！」

コウは私の精霊になってから人間の言葉を勉強して喋《しゃべ》れるようになりました。そのため、私以外とも意思の疎通ができるようになったのです。私はドラゴンの言葉も人間の言葉も同じにしか聞こえないのですが、コウは他人とコミュニケーションを取れるようになりました。

そして、そのコミュ力の高さは素晴らしい。

「おいしいね」

「あい！」

ジェンドともすっかり仲良しである。

獣人部隊も休憩時間らしく、レオニードさんが寄ってきた。さりげなくディルクが私の前に出る。

「うまそうな匂いだな」

「あ、良ければどうぞ。たくさんありますから」

あ、多分余計なことを言ってしまった。後ろの他の獣人さん達の目がギラついている。

「……どうぞ」

無言の食べたいオーラが見えたらしいディルクが、バスケットを差し出した。大丈夫！　ディルクの分は私がしっかり確保していますよ！

「うんめー！」

「なんだこれ！　食ったことねぇぞ‼」

概《おおむ》ね好評なようです。あ、ディルクのお耳がへたっている。ディルクは優しいよね。自分の分まであげちゃうんだもんなぁ。

「ディルク、今日のお菓子は新作でした」

「え」

ショックを受けるディルク。あー、涙目……そんなにか。

「というわけで、あーん」

鞄から出した自分の分を半分に割り、ディルクに差し出した。あれ？　固まってしまった。

「食べて？　あーん」

「あ、あーん」

素直に屈《かが》んで口を開けるディルク。唇が少し指先に触れた。

「おいしい？」

「味がわからない」

さっきはあれだけ強気だったのに、今はいつものディルクです。真《ま》っ赤《か》になって、お耳がぴるぴるしている安定のマイエンジェルです。

「では、もう一回。はい、あーん」

もう半分のスフレも差し出す。

「まだやるの!?」

ディルクは後二回私に食べさせられてから、ようやくおいしいですと言えたのでした。その後私もディルクにやってもらいましたが、いちゃつくのは二人きりでにしてくれと彼女がいない騎士さん達に懇願されました。ごめんなさい。

「いやー、お嬢さん、うまい差し入れをありがとうなー。あれ、ジェンド？」

多分狐の獣人さんが気さくに話しかけてきました。ジェンドと知り合いなのか、ジェンドもにっこり笑ってじゃれつきました。

「よかったな、お前。ワルーゼんとこから引き取られたのか？」

ジェンドを抱き上げ、高い高いをする多分狐の獣人さん。ちょ！　高い！　高い高いがハンパなく高すぎる！　しかしジェンドは普通に喜んでいる。獣人すごい。そりゃ、こんな高い高いが平気なら、三階から飛び降りるのも余裕ですよね。私は多分狐の獣人さんに話しかけた。

「あの、ジェンドと知り合いなのですか？」

「え、あー、うん。お嬢さんはジェンドとどういう関係？」

「従姉弟《いとこ》です」

「は？」

「ジェンドの母が父の妹です」

「え？　だから探していたの？」

「……ディルク」

私の意図を察して素早く相手を拘束するディルク。さすがの、無駄が一切ない動きでした。

「そのお話、ぜひとも詳しくお聞きしたいですわ」

私はにっこり笑ってみせた。なんか相手が……いやディルクもビビっている。

「ロザリンド、怖い怖い、目が怖い！　ジェンドも怖がっているから‼」

ディルクに泣かれました。確かにジェンドも私の怒りがわかったのか、怯《おび》えてしまった。ごめんなさい。ジェンドには怒ってないからね。

聖獣様をハルに呼んでもらい、ジェンドは聖獣様とカーティスに預けました。さて、私とディル

ク、多分狐の獣人さん、なぜかレオニードさんが騎士団の一室を借りて座っています。もちろん防音結界展開済み。
「なぜ、レオニードさんも同席なさいますの？」

「……あんたが殺気立っていたからだ」

ふむ？　でも多分違うよねー。

「レオニードさんもジェンドを知っていましたよね。私が探していることも含めて。そして、私達から隠していた」

レオニードさんはさすがに表情を変えないが、狐の獣人さんは違う。わかりやすくうろたえていた。

「なぜですか？」

「……何がだ」

「私達から隠したことです」

レオニードさんはため息をついた。

「あんたに問う。あんたはジェンドを傷つけないと誓うか」

「私はあの子を守ると約束しました。私の庇護《ひご》下にあるなら、守ります」

「了解。理由は何か犯罪にでも巻き込まれたか、殺されると思ったからだ」

「は？」

想定外の理由に間抜けな声が出た。ナニソレ。

「公爵様が獣人と子供を探すなんざ、愛人の子供を始末するか何か盗んだかだ。しかも執拗《しつよう》に探していた。まさか従弟を探していましたなんて、誰《だれ》も思わねぇよ」

まさか、そんな理由で妨害されるとは思わなかった。他の探し人も何らかの理由で妨害されていたのだろうか。念のために確認しておこう。

「は、はは……。他にも探している人がいるのですが、そちらも妨害していましたか？」

探し人について説明すると、レオニードさんは首を横に振った。

「いや、片方は知らん。もう片方は……知っているが神出鬼没なんでな。こっちもジェンド達の惨状を伝えたかったんだが……捕まらない」

「ふむ、しかしよく三年も隠せましたね」

「獣人は情が深い。仲間を売らない。呼びかければ、皆口を閉ざす」

「なるほど。ではワルーゼさんは仲間ですか？」

「あれは外道だ。仲間を食い物にする奴《やつ》は、仲間ではない」

「では、私の捜索を妨害したお詫《わ》びに、お願いを聞いていただけますか？」

「モノによる」

「大丈夫。難しいことでも、貴方《あなた》の立場が悪くなることでもありませんから」

慎重な方は嫌いじゃないですよ。私はにんまりと悪い笑顔を浮かべた。

レオニードさんは結局私の提案を了承しました。多分狐の獣人さんは実はコヨーテの獣人さんでした。名前はヨーディルさん。彼もワルーゼさんの所業は目に余るらしく、参加を決意。これから忙しくなりそうです。

◇◇◇

レオニードさん達と綿密なる打ち合わせの後、私は残りの仕事を片付け父と共に帰宅しました。

「ただいま」

兄も帰宅したようです。ジェンドは早速、兄に尻尾を振りつつじゃれつきました。

「わ、こら。くすぐったいよ」

兄もまんざらでもない感じです。うん。私も！　いざ、突撃‼

「兄様、お帰りなさい！」

兄が倒れないギリギリを見定め、抱き着きます。

「うわぁ⁉　ロザリンド⁉」

「兄様、兄様！」

ギュウッとジェンドごと抱きしめてスリスリします。

「もう、仕方ないなぁ」

兄は優しく笑って私とジェンドをナデナデしてくれます。ジェンドもご機嫌です。尻尾をブンブン振ってますな。兄は約束通りジェンドと遊ぶとのこと。私は仕事で父に用事があると別れました。

お部屋には、両親とアーク、マーサが居ます。人払いと防音結界はしてあります。とりあえず、約束したのできちんとエルフの森でのことを報告。ユグドラシルの件は兄がいたので、わざと言わなかったのですよ。

そして、ユグドラシルに埋め込まれていた呪《のろ》いの種を見せました。

「今回は賢者のじい様に分析してもらおうと思います。父様、急ぎではありませんが、コウの喉《のど》に刺さっていた短剣。あれも調べたいのですが」

「ロザリンドはあれと今回の種に関連があると考えているのか？」

「むしろ関連がない可能性が少ないかと」

「ふむ。手配しよう。魔法院も手を尽くしたが何も見つからなかったようだし、問題なかろう」

「ありがとうございます。それからマーサ、怒らないで聞いて欲しいの」

怒らないで、を強調しつつ、今日のジェンドについてのお話をしました。

「結局ジェンドは王都にずっと居たみたいなのよ。獣人コミュニティの結束の固さとまさかの誤解にびっくり。私のミスだわ。マーサ、アーク……ごめんなさい」

実際マーサもアークも手が空いた時調べてくれていたのだ。写真がないこの世界で人探し……しかも会ったこともない人物を探すなんて不可能に近い。二人は無駄になることも想定して探してくれていたのだ。深く感謝と謝罪の意味をこめ頭を下げる。そして、レオニードさん達に報復はやめてね！　悪気なかったの！　親切心だったの！　お願いします！　という祈りをこめた。

「……お嬢様が頭を下げる必要はありません。私も獣人について不勉強だったようです」

マーサは笑っていたが、目が……本気と書いてマジだった。

「次がないように、きっちり躾《しつけ》を……」

「うわあああ！　か、母様説得！　マーサ、マーサ！　悪気はなかったの！　ジェンドを守ろうとした結果なの！　お願いだから、許してあげてぇぇ！」

マーサを説得するのは大変でした。母の助力でなんとか……なんとか譲歩していただきました。

落ち着いたマーサは目を伏せてため息をつきました。

「ジェンド坊ちゃま……ワルーゼの所で暮らしておられたのですね……洗濯も食器洗いもお上手だったのは、そのせいだったのでしょうか」

「は？」

「早朝、お嬢様達がまだお休みの頃《ころ》に起きていらして、洗濯をして軽く廊下の雑巾《ぞうきん》がけをなさり、ダンの所で洗い物を手伝い、芋の皮剥《かわむ》きをなさってまた眠られたとマーニャから報告が来ています」

「つまり、虐待だけではなく……」

「幼子を労働力としているのでしょう。手慣れたご様子だったとダンからも報告が来ています。特にマーニャはよく、よおおく叱《しか》っておきました」

マーニャ……ま、まぁとりあえず、心配だがマーニャはさっき普通に働いていたから大丈夫だろう。

「今回集まっていただいたのは、ワルーゼについて皆様に情報収集と情報操作をお願いしたかったからです。お願いできますか？」

私は今回の作戦概要をお話ししました。報告・連絡・相談は基本ですから。

「ふむ。ついでに貴族関連も洗うか。そろそろ掃除時だ」

「お母さん、がんばっちゃうわよー」

「任せとけ」

「お嬢様の御心《みこころ》のままに」

「皆様、ありがとうございます。よろしくお願いします」

私は感謝をこめて頭を下げた。父が私の頭を撫《な》でる。

「決して独りで抱え込むな。今回のように、頼りなさい」

「……はい」

頼もしい父の言葉に、自然と笑顔になる。母も、マーサとアークも、笑ってくれていた。

私達、幸せだね。味方してくれる人達がいて、心強いね。ね、ロザリア。私は心の中の彼女に呼び掛ける。

そうだね。私、とても幸せだよ。瞼《まぶた》の裏にふわりと幸せそうに笑う私の相棒が見えた気がしました。

◇◇◇

さて、ここでワルーゼさんについてご紹介しましょう。なんとなく、皆様も予想がついているでしょうが、彼もゲーム内で出演するキャラであります。私が悪役令嬢なら、彼は悪役商人。見事な鬼畜ぶりで、ヒロインをさらって奴隷《どれい》として売り飛ばそうとしたりします。

そこで颯爽《さっそう》と助けに来るのは、その時、最も好感度の高かったキャラ。で、どのキャラでも発生する誘拐イベント。これ、おかしくないかな？ まあ、カーティスルートならまだしもですよ？

普通、王子のお気に入りなんて誘拐します？ ゲームなら金太郎あめ的イベントだね、で済むけど現実として考えてみるとおかしい。

さて、そんな悪役商人ワルーゼさん。現在仕込みの真っ最中です。彼の謎については後ほど。私は先にやることがあるんですよね。

レオニードさんの協力で超あっさり父の妹、私の叔母《おば》であるルーミアさんの居所は割れました。

こっそり働き先を見るも、なかなかの美人。しかし顔色は悪く、なんだかフラフラしている。髪も艶《つや》がないし、身体《からだ》もガリガリ。髪と瞳《ひとみ》は父と同じ。痩《や》せすぎだけど、顔も多少似ているかな。ジエンドが懐くはずだわ。

「こんにちは」

出たとこ勝負！ 店主さんに頼み込み、レオニードさんとディルクの助力もあってルーミアさんを連れ出すことに成功しました。チップをはずんでお店の二階を借りてお話です。もちろん防音結界は忘れませんせん！

「貴女は……」

「初めまして、ルーミア叔母様。私はロザリンド＝ローゼンベルクですわ」

「ローゼンベルク……私を連れ戻しに？」

「いいえ」

「では、何の用？」

警戒しているルーミア叔母様。でもさ、それはアウトですよ。

「口を慎みなさい。貴女は地位を捨てたのです。私の許しなく話すことすら本来ならば許されない」

「……そう、ですね。申し訳ありません」

悔しそうだが理解はしているようだ。キレられたりすると面倒だから、先手を打って正解かな。レオニードさん、睨《にら》まない。私だって身分を振りかざすのは本当なら嫌なんだからね！

「では、用件を。ジェンドを保護しました」

「ジェンドは関係ないでしょう‼」

顔色を変えるルーミア叔母様。よかった、ジェンドを愛しているのね。私はその安堵《あんど》を表情には出さず、あくまでも淡々と告げる。

「話を最後まで聞きなさい。ジェンドは私が保護した時、身体は傷だらけで獣化して冷たい雨に晒《さら》され、路地裏に放置されていました。私は何も知らず子犬と思って拾ったら獣人……おまけに身体は傷だらけ、垢《あか》まみれ、傷は膿《う》み、酷《ひど》い有様でした。大人に怯え、虐待されていたのは明らかです」

「え……？」

「すまない、ルーミア。お前は信じないかもしれないが、ワルーゼはそういう奴《やつ》なんだ。多分ジェンドを痛めつけたのはあいつか、部下だ」

「あ……嘘《うそ》……」

「……貴女を騙《だま》して私に利はありますか？」

「……いいえ」

「ジェンドを預けてから、彼に会いましたか」

「……いいえっ」

ルーミア叔母様は泣き出した。とりあえず、この人は白だ。よかった、よかった。さすがにジェンドから母を奪うような真似《まね》はしたくなかったからね。

「さて、ここからが本題です。赤の他人である私が、ジェンドを保護したのです。他人なのですから、当然滞在費を請求します」

「「は……？」」

ディルクは声こそ出さなかったが、硬直している。レオニードさんとルーミア叔母様は口を開けてポカーンである。はっはっは。赤の他人を主張するなら当然じゃないか。

「い、いや……叔母なんだろ？」

震える声で話すレオニードさん。私はあくまでも淡々とした態度を変えない。

「ルーミアさんは、実家を捨てて駆け落ちなさいました。都合のいい時だけ血縁扱いしろだなんて、言いませんよね」

「言いません。おいくらですか」

「こちら請求書になります」

ルーミア叔母様は額を見て固まる。治療費なんかも含まれていて、適正な額だけれども……庶民には到底払える額ではない。

「ふざけんな！　こんな大金払えるわけねぇだろ！」

レオニードさんが激昂《げきこう》した。ディルクが素早く関節をきめる。お、お見事。

「……」

身動きがとれないレオニードさんを見つめ、震えながらも毅然《きぜん》とした態度でルーミア叔母様は私を見た。

「私をどうするおつもりですか？　こんな額は払えない……ジェンドを返さないとおっしゃるおつもりですか？」

「いいえ。借金返済のために、うちで働いてください」

「……は？」

「だから、借金返済のために、うちで働いてください」

「あ、あの……」

「うち、私が原案で福利厚生もしっかりしていて、職場環境がとてもいいですよ？　給料から分割払いにしておきます。ジェンドも一緒に、住み込みでいかがでしょう」

「えっと……」

「今なら利子もつけません。ジェンドの学費も私が負担します。貴女のジェンドにとって、最善を選択なさい」

「……はい。よろしくお願いします。ロザリンド様」

商談成立！　ルーミア叔母様は泣いています。なんでも叔母様は生活に困り、刺繍《ししゅう》と飲食店手伝いでギリギリ食いつないでいたところワルーゼに親切にされ、信用して預けたそうな。獣人はたくさん食べるからと少ない給金からお金を出し、細々と生きながらお金を貯《た》めてジェンドを迎えにいく予定だったそうです。多分だけど、ルーミア叔母様がゲームで死んでいたのは過労死かなんかだったんだろうな……早めに見つけられてよかった。いや、もっと早く見つけてあげたかった。元お嬢様だから、騙されちゃったのも仕方ないかな……。

「あー、すまん」

ディルクが大丈夫と判断したのかレオニードさんの拘束を解いたようだ。彼は決まり悪げに私に謝罪した。

「こちらこそ、未来の夫が手荒な真似をしてすいません。私は気にしていませんよ。謝罪は不要です」

「……夫？」

キョトンとするルーミアさん。

「ろ、ロザリンドの婚約者、ディルク＝バートンです！」

「つまり未来の夫です」

「まあ、貴女……貴女も獣人と結婚をするの？」

ルーミアさんは嬉《うれ》しそう。そういや、結婚に反対されて駆け落ちをしたんだっけ。

「はい」

「まああ、素敵！」

なんか目がキラッキラしてるんですが……そして私は叔母様の息子&旦那《だんな》自慢を延々と……延々と……それはもう延々と……聞かされました。たまにディルクの萌《も》えについても語り、ディルクが慌てて止めに入る場面がありましたが、私と叔母様は上手《うま》くやれそうな気がしました。

◇◇◇

ルーミアさんには早速お店を辞めていただき、さらにお家《うち》も引き払っていただきました。どちらもこっそり私が口止め料と迷惑料でお金を出しました。荷物は少なく、ルーミアさんだけで持てるぐらい。本当に慎ましい生活をしていたんだなってぐらい物がなかった。


さて、我が家に着きました。ジェンドは私の帰りがわかったらしく、ダッシュでお出迎えです。

「あ、あー！」

「いい子にしていたよ、お帰りなさいだって」

相変わらずコウが通訳ですね。ジェンドは勢いよく私に抱き着き、尻尾《しっぽ》を振りまくり大喜びです。わ、抱き着いたまま飛び跳ねないで！

「ジェンド、ただいま。会いたい人を連れて来たよ」

ジェンドは目を見開いて動かない。ルーミアさんが両手を広げて、呼んだ。

「ジェンド！」

ジェンドは私の腕からルーミアさんの腕に勢いよく飛び込み、泣きじゃくった。

「あ、あああああ！」

「ジェンド、ジェンド……辛《つら》い思いをさせてごめんなさい。もう離れないからね」

「あああああああ！」

ジェンドは何度も何度もルーミアさんに身体《からだ》を擦《こす》り付けた。まるで、存在を確認しているみたいだった。ルーミアさんも泣いていた。本当にジェンドに会いたかったのだろう。ジェンドの泣き声は、本当に……私まで泣いてしまいそうだった。私はしばらく親子水入らずで、と二人をジェンドが寝泊まりしていた客室に通した。

そして、私はレオニードさんとディルク、マーサで応接室に行きました。

マーサ、目が怖い。殺気をしまってください。

「マーサ、仕方ないよ。レオニードさんはルーミアさんが好きだから、マーサに逆らってまで情報を隠蔽《いんぺい》したの。誤解は解けたんだし、許してあげて」

「えほっ！」

むせるレオニードさん。ん？　私、変なこと言った？

「な、なんで……」

「えー？　だって、妙に肩入れしているし、私を口説いたのはルーミアさんにどこか似ていたからなのではないかなぁと思いました」

「……そうだよ！　悪いかよ！　まったく相手にされてねぇけどな！　ちょっといいなと思ってもつがい候補持ちとか、俺の女運悪すぎだろぉぉ」

レオニードさんが壊れた。ちょっといいなは私か？　なんかすいません。泣かないで。悪かったよ。

「……お嬢様」

「はい」

「相手の心を的確にえぐる……素晴らしい手腕にございます」

「違うから！　わざとじゃないからぁぁ！」

「うん、でもそこはそっとしておいてあげるべきだったと思うよ？　ロザリンドに悪気が無いのは解るけど」

ディルクにまで言われました。

「うう……レオニードさん、すいません……」

「いや、俺もな……」

お互いしょんぼりしたところで状況報告です。

「マーサ、首尾は？」

「上々ですわ。あれと繋《つな》がりのある者は九割洗い出しております。後一日もあれば完了いたします。それにしても、お嬢様……よくルーミア様を説得なさいましたね。さすがにございます」

「あー、ルーミアさんをうちで住み込みジェンド付きで雇うことにしました」

「……お嬢様は、たまに予想外すぎます」

「ルーミアさんは多分、彼女自身が危険だからという理由では動きません。自分のプライドを傷つけてでも、現状ではここでの労働がジェンドにとって最善であると判断したからこそ、選択したのでしょう。時間もないし、若干脅しもしたけどね」

「なるほど」

「ルーミアが危険？　どういうことだ？」

首をかしげるレオニードさんに説明する。

「これから……いえ、現在私は真っ向からワルーゼにケンカをふっかけています。そして、私がジェンドを可愛《かわい》がっているのは少し調べれば解ります。ルーミアさんを人質または言いくるめて利用してこられると、とても面倒です。ただでさえルーミアさんはワルーゼを信じていたわけですから、簡単に誘拐も監禁もできるでしょう」

「……そうか。だから手段を選ばなかったのか」

「そういうことです。それから、私はルーミアさんをよく知りませんでした。ですから彼女の見極めもしていました。ルーミアさんがジェンドの害になるなら関係を断絶させて、私が最後まで面倒を見る覚悟でしたよ。レオニードさんの首尾は？」

「こっちも上々。もともと人望なんざ無いからな。ヤバい奴《やつ》を怒らせたって噂《うわさ》のせいでどんどん人が離れていってる」

「ディルクの方は？」

「それとなく言われた相手に話してきたよ。本当に大丈夫？」

「ん？　大丈夫だよ。むしろルーミアさん雇用については父様に話してなかったから、そっちをどうしようかな。兄様と最終兵器母様《リーサルウエポンママン》でいけるかな？」

兄も母もジェンドを可愛がっているから大丈夫。父も多分大丈夫……かな。

「多分旦那様はルーミア様を気にかけてらしたから大丈夫ですよ、お嬢様」

マーサの言葉にホッとする私。父と付き合いが長いマーサが言うなら大丈夫だろう。

とりあえず、今日のお話はこれで終了。次に全員が揃《そろ》うのは、計画決行の日だろうなと思った。

ジェンド達がいる部屋をノックしてから入る。マーサは仕事で、レオニードさんをついでに引きずっていった。レオニードさん、がんばれ。ディルクは私と一緒です。

泣き疲れたのか、ジェンドは眠っていた。ベッドに腰掛け、ルーミアさんは優しくジェンドを撫《な》でている。

「ロザリンド様、ジェンドは……喋《しゃべ》れなくなったのですか？」

「こちらの言葉は理解していますし、はいはあいと意思表示しますが、私が会ってからは喋っていませんね」

「喋れなくなるぐらい辛い思いをしてきたのですね」

悔いる表情のルーミアさん。私は彼女の手をとった。

「ジェンドが辛かったぶん、たくさんほめてたくさん幸せにしてあげてください」

「……はい」

ルーミアさんがすすり泣く。ジェンドは目が覚めたらしく、ルーミアさんの涙を舐《な》めとる。

「あー、あー？」

「泣かないで、どこかいたいの？　だって」

コウがすかさず通訳する。ああ、ルーミアさんの涙が……。

「ジェンド、お母さんはジェンドが優しくて嬉しいから泣いているの。どこも痛くないわ」

ルーミアさんが頷《うなず》く。涙でぐしゃぐしゃだけど、ジェンドに笑ってみせた。とても魅力的な笑顔だった。

「あー」

ジェンドも笑った。通訳がなくてもわかる。よかったって言ってるんだね。

「ジェンド、ジェンドはこれからお姉ちゃんちでお母さんと暮らします」

「あい」

「お母さんとずっと一緒です。お姉ちゃん達とも家族になってくれますか？」

「あい！」

ジェンドはニコニコで尻尾を振った。

「お姉ちゃん、ジェンドも一緒に住むの？」

「そうだよ。私の弟みたいなものだから、仲良くしてね」

「うん。やったー！　ジェンドも一緒！」

「……貴方は、蛇の獣人？　ジェンドのお友達？」

最近のコウは人の姿でよくジェンドと遊んでいるので今日も人型でした。

「んーん、僕ドラゴンで、お姉ちゃんの精霊だよ。ジェンドの友達！　お姉ちゃん、僕みんなにもジェンドも一緒に住むの教えてくるね！」

ルーミアさんは固まっていた。

「あい！」

「まま！　ジェンドもここに住むの？　ジェンド、ずっと一緒だね！」

「まあ、そんな子の加護があるなんて、ロザリンド様はすごいのね」

「せ、正確には火の精霊とドラゴンの子供です」

「ドラゴン？」

「……まま？」

アリサとジェンドはハイタッチして嬉しそう。

ぎぎぎ、とこちらを見るルーミアさん。

「いや、初潮も来てない身体《からだ》ですから、出産できませんよ」

「マグチェリアに魔力を注いで生まれたから、言っているだけだよ。ジェンド、良かったね」

「よかったな、ジェンド！　俺も嬉しいぞ」

スイ、ハルも来ました。私の精霊さん達に囲まれ、ジェンドはキャッキャと楽しそう。

「まああ、精霊様がいっぱい……」

「ちなみに、全員ロザリンドの加護精霊です」

ばらさないでくださいよ、ディルク！　ぷうっと頬《ほお》を膨らませる私に、苦笑するディルク。

「まあああ、ロザリンド様って……すごいを通り越しておかしいのね」

「私は普通です」

どの辺が？　と真顔で全員からツッコミを受けました。か、悲しくないもん！

ちなみに父はアッサリとルーミアさんの雇用を了承。もともと結婚も反対してなかったらしく、別に貴族に戻るでも働くでも好きにしていいとのこと。ルーミアさんは頑《かたく》なで、働く選択をしました。ルーミアさんは母と友人だったそうで、母と楽しそうにおしゃべりしてました。

◇◇◇

皆様、こんばんは。ロザリンドです。ただいま私は誘拐されております。これからどうしてこうなったかお話しします。

私はまず、情報収集と同時進行で情報操作をしました。皆様はワルーゼの紹介の話の時に、おかしいと思いませんでした？　王子のお気に入りであるヒロインを害するなんて自殺行為ですよね。いくらヒロインが身分的には平民で贈り人だからって、普通はしません。リスクが高すぎます。ならば、発想を逆転させればいい。しようと思ったのではなく、せざるをえなかった……ならどうだろう。

その線で調べたら出るわ出るわ……要は、このワルーゼは捨て駒だったんですよ。貴族が甘い汁を吸うための汚れ役。国境付近の収賄とかも、ワルーゼを仲介させていた。ばれても、ワルーゼを切ればいいだけ。まだ奴隷売買には手を出してなかったけど、時間の問題かな。預かった子供達は低賃金で過酷な労働をさせていたようです。調べたらジェンドはワルーゼというか、働き先で暴行されたらしい。後、少し気になることがあったのですよ。それも、今回の件でわかるでしょう。

証拠は充分なんだけど、せっかくなら汚れ役より大物を釣りたいじゃないですか。というわけで今回の作戦です。

さて、私はさらに情報を流しました。

『ワルーゼは公爵家の不興を買った』

『ワルーゼは近いうちに捕まる』

大まかな噂はこの二つ。嘘《うそ》ではないところがミソ。実際ジェンドのことがあるし、ワルーゼは脛《すね》に傷がある。探られればまずい。さらに商会としてこの噂は致命的。顧客は減り、信用はがた落ち。しかも、私がこの噂を流しているとの情報も出せば……まあ、私を消そうとするよね。

さらに私を消したい派閥がいるのよ。皆様、覚えていますか？　私の死亡エンドその一です。

その一は、処刑なんですが父がそんなの許すと思います？　愛《いと》しの母の忘れ形見ですよ？　勘当して見殺しにしますか？

ロザリアとも話したんですが、これって他の貴族がウルファネアと繋がっていて、私が邪魔だったせいもあるのではないかって話が浮上。そもそもゲームのロザリアは結構微妙な立ち位置にいた。だから逆にウルファネアの間者疑惑でもかけられてしまい、余力のない父が拷問されるよりはと処刑を選択したのではという結論に。時間があったので、怪しい奴《やつ》はピックアップ済み。そして、それがワルーゼと繋がっているのも確認済み。

そして、仕上げにワルーゼと繋がっている騎士さんにディルクが愚痴を言う。

「ロザリンドは冒険者ランクが上がって天狗《てんぐ》になってしまい、護衛なしで冒険者ギルドに顔を出している」

結果、見事誘拐されました！　釣り成功ですよ！　ちなみに賢者のじい様と発信機的魔具と録音・録画魔具も持っています。準備万端だね。さらにディルク、アーク、マーサが隠れてついて来ています。マーニャは念のため公爵邸の護《まも》りとしてお留守番。

「仕事の関係で行く日が定期的だが、自分がどうしてもついていけない日があり、心配だ」

ちなみに誘拐の手口は、私が冒険者ギルドを出てしばらく行った辺りで路地裏に引き込まれ、何か薬品をかがされて誘拐されたわけです。全異常無効耳飾りのおかげで、効かずに寝たふりをしています。相手がなかなか手慣れていまして、私は素早く馬車かなにかに積み込まれ、布的なものでくるまれて、どこかに運び込まれました。

なんだか私、ベッドに寝かされている？　んん？　扱い丁寧すぎないかな？

「まだ目覚めないのか？」

「多分そろそろ……」

そんな声が聞こえたので、起きてみることに。令嬢らしく怯《おび》えた様子を見せるのも忘れない。

「ここはどこ？」

「申し訳ありませんでしたああああ‼」

「は？」

いや、さすがに素になりました。モーニング土下座はキツイ……って、土下座？　なぜ土下座⁇

「……誰《だれ》？」

目の前の頭には兎耳《うさみみ》。ションボリすんな、慰めたくなるじゃないか。兎耳のおじ様が目の前で土下座をしておりました。平凡・痩《や》せ型《がた》、気弱そう。え？　私に何が起きたから、私は土下座されているの？　そして最近よく土下座される気がするのは気のせい？

「私はラビオリ＝ワルーゼ、この町で商人をしております」

「は、はあ……」

「ジェンドのこと、私の管理不行き届きが招いたことにございます。誠に申し訳ございません。どうか、どうかお気を鎮め、許してはくださいませんか」

「許すと言えば、帰していただけますか？」

「もちろん……」

「信用できねぇな」

ラビオリさんは同意しようとしたが、背後にいた柄の悪そうな……蛇？　いや鰐《わに》っぽい獣人が遮った。

「貴方は？」

「名乗る必要はない」

「ゲータ！　失礼だろう！　申し訳ございません、息子が失礼を……」

「……息子？」

「妻が鰐の獣人でして」

おうふ、実の息子でしたか。えええ、すごいなぁ……。

「親父《おやじ》は黙っていろ！」

ラビオリさんはゲータとやらに室外へつまみ出され、扉を叩《たた》いていたが……やがて泣き声が……

弱いな、ラビオリさん！

「あの、お父様が可哀想なのですが」

「うるさい」

ゲータは私を縛り上げ、魔封じの首輪をはめ、シーツで包み窓から夜の町に出た。路地裏を通り、郊外の空き家で投げ落とされた。

「あたた……」

「いい恰好《かっこう》ですな、ロザリンド嬢」

私を見下ろす……誰だっけ？　多分貴族だな、恰好的に。誰かの取り巻きというところだろう。

さすがの私も、ここでどちら様ですか？　とは言えない。相手を知っている風でいきます。

「……このような無体が許されると？」

「貴女は派手に動きすぎた。あの方に目をつけられたのが運の尽きですね」

「あの方……私はここで死ぬのでしょう。私を殺す方は、どなた？」

私のか細い声（演技）にノリノリな多分貴族。

「冥土《めいど》の土産《みやげ》に教えてさしあげます。私に貴女を殺すよう命じたのはジェラルド公爵ですよ」

うあ、ガチで大物だわ……思い出した。この貴族、ジェラルド公爵の取り巻きで夜会に行った時にディルクを悪く言いやがったので、口でコテンパンにしてあげた奴だ。

貴族の男が私に銀のナイフを振り上げる。必要な情報は得た。頃合いだ。合図をしようとする私より速く、貴族を殴り倒したのは銀色。

「お姉ちゃんを、いじめるなぁぁ‼」

銀色……ジェンドは泣きながら、貴族を殴り倒してゲータに向かう。

「ディルク！」

私の愛しい漆黒が意図を悟り、天井から現れてジェンドを援護する。天井からって、忍者かい⁉

槍《やり》は室内戦には向かないとの判断で短剣を使っているようだ。

私は魔封じの首輪をしているが、耳飾りの効果で無効になっているらしく魔法も問題なさそう。でも、戦乙女《いくさおとめ》の指輪のみ発動させ、双剣に変える。貴族はジェンドの一撃でのびているので私を縛っていた縄を抜け、のびている貴族を縛っておく。ウエストポーチタイプの大容量鞄《かばん》から自作の魔封じの首輪を取り出し、念のためにつけておく。貴族は魔法使いが多いからね。

さすがにジェンドとディルク相手ではもたず、ゲータも地に伏した。

「お姉ちゃん！」

危険はないと判断してか、私に駆け寄るジェンド。

「ジェンドはどうしてここに？」

「……嫌な予感がしたから。お姉ちゃんが……お姉ちゃんに何か危ないことが起きる気がして、お姉ちゃんの匂《にお》いを追いかけた。そうしたら、お姉ちゃんをおじさん達がいじめようとしたから……」

「お姉ちゃんを助けてくれたのね？　ありがとう、ジェンド」

「僕、お姉ちゃんを助けられた？」

「うん。ところでジェンド、喋《しゃべ》れるようになったの？」

「ん？　……あれ？　本当だ」

ショック療法だったのか、本人も無自覚だったご様子。

「ロザリンド！　怪我《けが》は？」

「この通りありません……って、ディルク！　手！　血！」

ディルクの両手は流血している。慌てて回復魔法で癒《いや》す。

「……我慢するために握りしめすぎたかな……」

あー、なんかゴメン。逆の立場なら私もきついものね。作戦とはいえ、我慢してくれたのだろう。

血まみれの手に口づけた。

「……殺せ」

ほんわかムードをぶち壊す低い声がした。ゲータだ。

「殺せ！　俺が今回の首謀者だ！」

ん？　いや、首謀者は別ですよ？

「ゲータ、悪ぶるの、やめなよ。僕、ゲータは悪いヤツじゃないって、知っているよ？」

「うるせぇ、黙れジェンド！」

「お姉ちゃん、ゲータは助からないの？」

ジェンドの話によると、もともとラビオリさんは優しい人だが商談でウルファネアに行った辺りから貴族が来るようになり、扱いが酷《ひど》くなった。ゲータも脅されて仕方なく従っていたが、子供達にこっそりご飯を持ってきたりしていたらしい。

やっと繋《つな》がったわ。ワルーゼの悪評は情報操作か。いくらお嬢様とはいえ、子供を信頼できない人間に預けるだろうか。ラビオリさん自体は善人で、他の獣人に介入する気を起こさせないための悪評ね。うん、徹底的に捨て駒扱いですね。

「うーん、無罪放免は無理だけど、抜け道はあるよ」

「ぬけみち？」

キラキラした目を向けるジェンド……うう、汚れのない瞳《ひとみ》……。

「お嬢様、ご指示通り虫は全《すべ》て駆除いたしました。闇《やみ》の精霊様の魔法で朝までは目覚めません」

ひー、ふー……六人か。結構いたね。

「お疲れ様、マーサ、アーク」

潜んでいる暗殺者、または連絡要員がいるはずとあらかじめ二人には捕縛指示をしてありました。

「取りこぼしはないはずだぜ」

「ありがとう。アーク。とりあえず、全員ワルーゼ邸に戻ろうか。証拠隠滅に放火されても困るし」

「はぁ⁉」

驚愕《きょうがく》するゲータ。説明をしてあげた。

「貴方は捨て駒なのだから、失敗したら証拠隠滅をするに決まっているじゃない。暗殺なんか仕掛ける輩《やから》なのよ？　手っ取り早いのは火で焼き払うことでしょう」

うなだれるゲータ。

「それに、無関係な方々が巻き込まれて殺害される恐れもございます。さすがはお嬢様」

「あ……あ……」

なんか絶望しているゲータ。だからさせないってば。でも説明が面倒だったし時間もないので、全員まとめてワルーゼ邸に転移しました。

◇◇◇

ワルーゼ邸の監禁部屋に到着。

「マーサ、アーク」

私の声で意図を察した二人が消えた。そして新たに四人を捕まえてきた。

我が家の従者姉弟《してい》の正体が解りました。忍者です。間違いない。

ゲータもドン引きしているが、私も負けていない。とてもびっくりしている。

「闇様、いる？　この四人とこの男に眠りを。後、この屋敷全体に何も起きていないように見える幻影をお願いします」

「うむ、任せよ」

「わーい、頼りになるー」

「う、うむうむ！　我にかかれば造作もない！」

闇様、感謝はしているけど、私はセリフを棒読みしていたよ？　チョロすぎないか？

「ハルとスイとアリサは連携して、防音と侵入阻止結界」

「「了解」」

「はぁい」

「コウは念のため熱源を感知したら教えて。変な音がしないか、注意して」

「はーい」

とりあえず、指示はこんなところかな？

「マーサ、アーク、他に虫の気配は？」

「「ありません」」

「お前、本当に何者なんだよ！　ありえねぇ！　しかも魔封じの首輪をしたまま転移魔法まで……」

「ああこれ？」

首輪はみしみしパキンと割れました。

「私の魔力に耐えられなかったみたいね」

へっ、と嫌な笑いをしてやる。魔封じの首輪には容量があって、限界を超えると壊れる。普通は壊れないけどね。

ドタドタと足音が聞こえ、涙と鼻水でぐちゃぐちゃ顔のラビオリさんと、兎耳の癒し系美少女……見覚えあるな……が入ってきた。

「すいません！　申し訳ございません‼」

そして見事なスライディング土下座を披露するラビオリさん。土下座はもうお腹《なか》いっぱいです。

美少女に協力してもらいどうにかラビオリさんを落ち着かせることに成功し、ゲータは拘束したまま話し合いということになりました。

虫さん達は母が情報を引き出す天啓持ちだから母に任せるべきというマーサの提案と、ジェンドが消えて屋敷が大変だろうからいったんアークに屋敷に戻って説明してもらうことに。

つーか、母？　どんな天啓なの？　洗脳系？　だからあの無茶な誓約書ゲットできたの？　母に対する疑問が尽きません。

さて、名前を知らない人もいるのでまずは自己紹介から。

「申し遅れました。私はラビーシャと申します。ワルーゼ家の長女です」

あああああ！　思い出したぁぁ！　この子、ゲームでヒロインに情報をあげる便利お助けキャラ‼

ヒロインの親友じゃないか！　という内心は押し隠し、あくまでも冷静な表情で自己紹介をする。

ゲータが十七なのが意外。老け顔だから三十ぐらいかと思った。

「……さて、自己紹介が済んだところで貴方達の処遇についてですが……」

「俺一人でやった。俺が死ねば済む。親父《おやじ》や妹に手を出すな」

「とりあえず、ゲータの冗談は置いといて……」

「冗談じゃねえ！　親父達は関係無い‼」

「……普通、公爵令嬢暗殺未遂の罪なら一族郎党死罪ですよ。貴方達、平民ですから」

「な……」

ゲータの瞳が絶望に染まる。ようやく立ち位置を理解したみたい。貴族なら当事者のみも通らなくはないが、平民ならば通らない。

「ロザリンド様、どうか私の首で許してはいただけませんか。この子達は、まだ子供です」

「無理。私に偽証しろと？　私に利がない。後、私首は欲しくない」

「……では、何ならば欲しいですか？」

ラビーシャちゃんは私の瞳をじっと見た。賢い女の子は大好きですよ。

「貴女とか？」

「解りました。ロザリンド様に忠誠を誓います。でも、まだ足りませんよね？」

「そうね。ゲータ、あんた私の奴隷《どれい》になる気はある？」

「……それで、親父達が助かるなら。奴隷でもなんでもなるから、だから……助けてください！」

ゲータは泣き出した。本当に家族を護《まも》りたくて、ずっと脅されて限界だったのかも。私はため息をついた。

「仕方ない。ジェンドからもお願いされたしどうにかするわ。時間も無いし、手短に言う。あんたは父に雇われて、ジェラルド公爵達の仲間になったという設定よ」

「は？」

「つまり、あんたは私の父、宰相の指示で潜入捜査をしていた」

「……はい！」

理解したらしく、ゲータの瞳に光が戻った。

「細かい設定は後で詰める。ジェラルド公爵とその一派を罪に問える書類を、全て出しなさい！」

「はい！」

「解りました！」

あれ？　ラビーシャちゃんも？　ラビオリさんはポカーンとしている。

待つ間、ラビオリさんからぽつぽつ話を聞いた。彼は貧しい子供達を預かり、孤児院もどきをしていた。ゲータが金策をしてくれて、最近はかなり上手くいっていた。多分ゲータが脅されていたのはその辺りからだろう。孤児院もどきはボランティアで、儲《もう》かるものではない。だが、息子も娘も賛同してくれていた。自分達も食うに困っていたのに、文句を言わなかったと泣きながら語った。

ラビオリさんの話が終わる頃《ころ》、二人が戻ってきた。両手に抱えた書類を私に渡す。

ざっと目を通したが、すごい。無言でマーサに渡す。肉食獣の笑みをこぼすマーサさん。迫力がすごい。これがあれば、確実に罪に問えるだろう。

「わ、私も私なりに証拠を集めておりました。いかがですか？」

「上出来よ」

恐る恐る、ラビーシャちゃんは言った。私の言葉に嬉《うれ》しそうにしている。可愛《かわい》いが、恐ろしい。この年齢でこれだけのモノを出せるなんて……敵に回したくないわ。

私は魔力をこめ、電話もどき、改良版魔具を発動した。

「待機中の騎士団ならびに獣人部隊の皆様にお知らせします。証拠を確保しました。特に第一部隊……カーティスはジェラルド公爵邸を優先で捜索。他の部隊の皆様はあらかじめお渡ししたリストの貴族邸宅の強制捜索をお願いいたします。変更はありません。よろしくお願いいたします」

次々と各部隊から返答が来る。証拠隠滅されたら困るので、あらかじめ騎士団からカーティスの超直感で選別した部隊に今回の強制捜索を依頼し、待機してもらっていました。

暗殺に失敗したとわかったら、絶対保身に走るよね。証拠隠滅なんてさせる暇は与えない‼

「ただいまー」

アークが帰ってきました。ざっと経過を説明。

「んーじゃ、契約書作るか。時期は貴族どもの接触前な」

さすが、できる従者・アークです。素晴らしい。

「それじゃあ、私も捜索に参加するかな、ジェンドにもお手伝いしてもらおうか。ジェンドは多分超直感持ちだから、捜索はかなり得意なんじゃない？」

「ならジェンドは僕とアリサとで行動したらいいよ。ハルだけでもこの屋敷ぐらいなら結界は充分だ。念のため、護衛にコウもいいかな？　ロザリンドをいじめようとする奴《やつ》は、僕らが絶対に許さない」

ジェンド↓超直感？　による探索
アリサ↓罠《わな》の呪《のろ》い解除
スイ↓指示・参謀
コウ↓護衛
見事な布陣ですね。そして、参謀（スイ）が超やる気。むしろ殺《や》る気。レオニードさん達の隊に行ってもらいました。

私はディルクとジェラルド公爵邸です。カーティスとサクッと合流。

「ロザリンド、これは」

「押収」

「これは？」

「押収」

怖いな、超直感！　カーティスが見られたらヤバいものを次々に発見しまくっております。しかも証拠だけではなく昔の恋文やらポエムやら、黒歴史もガンガン発掘しています。捕縛された公爵が哀れなほどです。不幸にも自宅にいた本人が悲痛な叫びを披露しております。

「ロザリンド、これは？」

「魔力認証の箱ですね」

魔力認証は個人の魔力を認識して持ち主以外は開けられないのです。箱の魔力を解析、同調……。

「開いた」

「ば、馬鹿な！　それは私にしか開けられないはずだ！」

「このタイプは同調できれば意外に簡単ですよ。私は全属性なので、魔力の調節さえできれば理論上この箱の持ち主が誰でも開けられます」

「ば、馬鹿な……」

うなだれるジェラルド公爵。中身は……私の暗殺に関する契約書か。私の暗殺依頼ですね。実行者は虫の中の誰かだろう。

めぼしい証拠はあらかたゲットしたので後はカーティスやルドルフさん達に任せ、私はディルクとレオニード隊に合流。レオニードさん、どうしたの？　遠い目になっている。

「スゲーなぁ、あんたのとこの。適確に貴族の心を折るわ、ヤバいもん見つけるわで」

たくましいうちの子達は、しっかりお仕事をしておりました。特にスイがすごい。彼は嫌がらせのスペシャリストです。

ジェンドもやはり超直感持ちだったらしく、次々とヤバいものを発掘。そして黒歴史で敵の心をへし折るスイとの連携プレイは見事でした。私はそっとレオニードさんの隊を後にしました。

◇◇◇

この分なら捜索は問題ないので、私とディルクはワルーゼ邸に戻りました。まだここにはラビオリさんが預かっている子供達がいるので結界とかはそのまま。ワルーゼ家の皆様は今後の話をするために我が家に来てもらうことにしました。

「おかえり、ロザリンド。僕に言うことは？」

「ただいま、兄様。ち、ちょっとお転婆しちゃった」

帰宅したら大魔神・兄がお出迎えです。今回絶対反対だと思ったから内緒にしていましたが、ついにばれてしまったようです。ディルクの後ろに隠れる私。

「ロザリンド、素直に謝りなよ。ルーベルトも多分許してくれるよ？」

「あう……兄様、ごめんなさい」

「……次はないよ？」

「はいぃ！　次からはちゃんと説得します！」

「そもそも危険なことしないって発想はないの⁉」

「目的のためなら多少は仕方ないと思います！」

「馬鹿ロザリンド！　毎回毎回心配する僕の身にもなれぇぇ！」

謝ったけど結局叱《しか》られました。解せぬ。

「ロザリンド様、お兄様には弱いのですね」

おお、兎耳《うさみみ》美少女のスマイルいただきました。

「弱いですねー」

私も苦笑する。

「……どちら様ですか？」

ようやくお客様に気がついた兄。説明はまとめてしたいので、父・母・兄・ルーミアさんに集まっていただき、応接室で説明です。

「本当に、本当に、大事なご子息に申し訳ございません！」

今日、この人は何回土下座したのかしら。今回は私がされているわけではないので気が楽です。

ラビオリさんはルーミアさんに土下座しています。

「顔を上げてください」

「謝罪して済む話ではないと、理解している。父ではなく、ジェンドを見捨てた俺に責任がある。殺すなり痛めつけるなり、好きにしてくれ」

ゲータにナイフを渡され、戸惑うルーミアさん。ロザリアさん、お願いします。任されたよ！

との返事がありました。


そして見事な踵落《かかと》としがゲータの頭に炸裂《さくれつ》しました。


「馬鹿！　死んだらジェンドが悲しむでしょうが！　私はジェンドにあんたを助けてほしいとお願いされているのよ？　それに罰を待つのではなく、償いなさい！」

「償い？」

「自分のしたことが罪だと言うなら、死なずに一生苦しみぬいて被害者のために働きなさい。あんたが死んでも、何も変わらない。そんなの、あんたの自己満足でしょうが」

私の言葉にゲータはうつむいて動かない。私はラビオリさんと視線を合わせた。

「ラビオリさん。無罪放免というわけにはいきません。家財没収と三年の無償労働でいかが？」

「はい」

「親父《おやじ》は……」

「関係あります。あんたの頭が足りなかったのが原因なのは確か。でも家の長として、今回のことを防げなかった。預かっている子供を救えなかった。無関係とは言えません」

うなだれるゲータ。家族が好きなのはわかったよ。私は父に視線を移した。

「父様、ラビオリさんが預かっている子供なのですが、これって国の責任もありますよね。貧困層を放置した結果ですよね。傷ついた子供達に、ケアも必要ですよね」

「そうだな。国の責任もある」

私の意図を察し、ニヤリと笑う父。

「貧困の放置は、治安悪化に繋《つな》がりますよね」

「うむ」

「私の草案、ゴリ押しできます？」

「国営の孤児院または託児所か。任せなさい。ところでロザリンド、この騒動だ。無能が山ほど解雇されて、人材が不足するな」

「そうですね。使える罪が軽い者は数年無償労働で使うとして、女性文官と女性騎士雇用案、平民の文官雇用案もいけますかね」

「いい機会だな」

「ですねぇ」

笑いあう私と父。王様が大変でしょうが、がんばっていただきましょう。私におずおずとラビオリさんが聞いてきました。

「あ、あのう……孤児院と託児所というのは」

「親を亡くしたあるいは何らかの事情で家に居られない子供を預かるのが、孤児院。共働きの親が一時的に預けるのが、託児所です。国営施設にするつもりです。ラビオリさんはそちらで働いていただきます。当面はラビオリさん宅を流用。改装して使いやすくしたいと思っています」

「はい!」

おお、ラビオリさんやる気ですね。

「私はどうしたらよろしいですか?」

可愛《かわい》らしく首をかしげるラビーシャちゃん。

「貴女は私付きのメイドとして働いていただきます。教育はマーサに任せます。マーサの指示に従ってください。マーサはすごいメイドさんです。彼女はきちんと貴女を指導してくれますよ」

「はい!」

「お任せください、お嬢様。このマーサ、責任をもってラビーシャ嬢を立派なお嬢様のメイドにしてごらんにいれます」

マーサが超やる気で、ラビーシャちゃんがちょっと引いています。

「ご、ご指導ご鞭撻《べんたつ》をよろしくお願いします！」

しかし、気を取り直し即座にマーサに頭を下げる。彼女本当に賢いな。マーサもにこりと笑った。及第点のようですね。

「お、俺は……」

「どうしよっか」

「おい！」

涙目でツッコむゲータ。いや、軽い冗談じゃないか。

「正直このままじゃ使い物にならないから、アークに扱《しご》かれてください。一応は兄の従者予定です」

「僕⁉」

いきなり水を向けられて驚く兄。え？　嫌？

「兄様、園芸は力仕事が多いから、助手が欲しいって言っていたじゃないですか。ゲータは獣人だから力持ちだしタフだし、向いていますよ」

「うーん、君はどうなの？」

「俺は……園芸って野菜ぐらいしか育てたことない……です。というか、それ従者か？」

「植物は好き？」

「え？　見る余裕が今までなかったからわかんね……わかりません。野菜は好きです。上手《うま》く育てば、嬉《うれ》しい」

「僕は彼でいい。ゲータ、よろしく。アーク、使えるように指導よろしくね」

「えええええ、俺しばらく忙しいですよぅ……」

嫌がるアークに利点を説明することに。私はアークの後ろに立ち、肩に手をやる。

「ゲータはこれでも一応商人の子供で、ラビオリさん不在時に屋敷を管理していたのよね？」

「お？　おう」

「帳簿とか、書類整理や作成できるよね？　当然、先輩のお仕事でできることあれば手伝うよね？」

「まあ、そりゃ俺にできることなら」

「よし、使えるよう扱いてやる！」

俄然《がぜん》やる気のアークに引き気味なゲータ。うーん、この家の男二人。純粋なのはいいけど腹芸には向かないな。まだラビーシャちゃんの方がマシかもね。

ワルーゼ家の行き先が決まったところで、ジェンド達も帰ってきました。

「ただいまー。お姉ちゃん、僕たくさん見つけたよ」

ほめてほめて、と尻尾《しっぽ》をパタパタさせるわんこ……じゃないジェンド。

「ジェンドはおりこうさんだね。お姉ちゃんのお手伝いありがとう」

「えへへ」

「ロザリンド、ロザリンドに悪さをしようとした馬鹿の心をしっかり折ってきたからね」

「あ、うん。ありがとう？」

スイさんや。何をしたのか怖いのですが？　確認したくない。笑顔が真っ黒ですよ？

「まま！　アリサもね、泣きながらにげるわるものをしばったりしたよ。わなもといたよ！」

「……うん、ありがとう。がんばったね」

マジで何があった。私の可愛《かわい》い子達（スイ含む）をナデナデしつつ遠い目になる。私の心の平穏を思うなら聞きたくないけど、後でレオニードさんに確認せざるを得ない。

「ところでジェンドはどうして喋《しゃべ》れるようになったの？」

兄から当然の疑問があり、焦る私。正直なジェンドは得意げに笑って言った。

「お姉ちゃんがナイフで刺されそうになって、助けようとしたらしゃべれるようになったよ！」

しん、と静まり返る室内。だらだらと流れる冷や汗。漂う冷気。……冷気？　ちらっと両親をうかがう。見なきゃよかった！　母もめちゃくちゃ笑顔だ！　すごく怖い！　父もすごい！　目から怪光線出そう！

窓から咄嗟《とっさ》に逃げようとしてあっさり捕まり、両親と兄から散々説教をされた私だった。うう……足が……正座で説教は地味につらいよぅ。

私は延々と私を心配してくれる優しい家族達から説教をされるのでした。ディルクも家族の剣幕に真っ青で、叱《しか》られる私の隣で手を握ってくれていました。

◇◇◇

エンドレスお説教が終わり、私とディルクはまっすぐ歩けなくなったりしつつ、今夜は就寝となりました。

いや、本当は私、まだやりたいことがあるのですよ。証拠をまとめて確実に追い詰める準備とか。

でも、お肌に悪いし大人に任せて寝なさいと寝室に放りこまれました。

寝室でなんとなく寝付けずにいると、闇《やみ》の中に気配がしました。私に気配を殺して近づいてくる。

相手は一人。男だな。即座にロザリアにバトンタッチ。男が手を伸ばした瞬間、素早く男をベッドに押し付けつつ関節をきめる。

「あ、あたたたた」

「……ディルク？」

まさかのディルクでした。拘束を解き、ベッドの上で向かい合う。

「夜ばい？　夜ばい自体はやぶさかではないけど、明日足腰立たなくなるのはちょっと……」

首をかしげる私。即座に防音結界を展開する。ディルクは真っ赤《まっか》になって反論した。

「ち、違うから！　あ、足腰立たなくって……そういうのはし、しないから！　今はそんな場合じゃないでしょ！」

「じゃあ、どうしたの？」

ディルクは私の手を取った。真っ赤な顔でうつむいて、それでも私に伝えてきた。

「眠れなかった。ロザリンドが刺されそうになる瞬間が目に焼き付いて、怖くて……どうしても会いたくなった。寝ていてもいいから、ロザリンドはここにいて生きているって、安心したかった」

私はディルクの胸に頭を寄せた。

「安心した？」

「うん」

「私も眠れなかった」

「うん」

「今日は一緒に寝ようか」

「……うん？」

「添い寝を所望します。私、今日がんばったから、ご褒美ちょうだい。腕枕付きがいいな」

「だ、だめ。俺の理性が多分もたない」

「今までの経験上、大丈夫だよ。私も安心、ディルクも安心。私は体温が高くてあったかいから、きっとディルクもよく寝られるよ」

ディルクを押し倒す。暗闇《くらやみ》の中、顔を真っ赤にして涙目の私の婚約者。黒いお耳がプルプルしている。出来心でお耳を甘嚙《あまが》みしてみた。

「ひゃん！」

ディルクは口元を押さえている。可愛いなぁ。お耳をもう一度甘嚙みする。

「あんっ」

ヤバい、クセになりそう。もう一回……というところで、身体《からだ》を反転させられ、逆に押し倒される恰好《かっこう》になりました。

あ、やべ。これはマズイ。私は押してはならないスイッチを連打したらしい。フェロモン全開のディルク様が降臨してしまった。

「ロザリンド……」

ちょ、マズイマズイマズイ！　視線だけで腰が抜けそうなぐらいフェロモンが……！　今度は私が固まる番みたいです。私の耳が甘噛みされ、舐《な》められる。舌が差し込まれる。

あばばばば、ナニコレナニコレ、くすぐったい上になんだか卑猥《ひわい》なんですがぁぁぁ。

「やめ、て」

耳元ではぁはぁしないでぇぇ！　息、息がぁぁぁ！

「あんまりからかうと、食べちゃうよ？」

仕上げとばかりにちゅ、とキスをされました。キス、物足りない。

「や……もっと……」

また耳をペロペロ……違うぅ！　そっちはもういいの！

「ちが、ちゅーして！　ディルクのちゅーが欲しいのぉ！」

「へ？」

「ディルク、ちゅー」

ディルクはそっと私から離れると、四つんばいでプルプルしていました。

「クッソ可愛い！　もううナニソレナニソレ、ちゅーしてとか殺す気⁉　俺誘われているの⁉

ロザリンドが可愛すぎて死ねる！　いや生きる！」

ディルクが壊れました。しばらくブツブツ言っていましたが、かまって欲しくて私から近寄って猫みたいに腕にスリスリしました。あざといかなと思いながらも、上目遣いで一言。

「……かまって？」

「どうして、ロザリンドはそんなに可愛いの！　俺がおかしくなりそう……いや、もう俺の頭は完全におかしくなっているんだけど！」

「んー、女の子は好きな相手に可愛いと思われたいものです。私が可愛いのであれば、それは私がディルクに可愛いと思われたくて努力しているから、という部分もありますよ」

「……そっか。俺はロザリンドにかっこいいとか頼りになるって思われたいけど上手《うま》くいかないなぁ」

しゅんとするディルク。安定の可愛さです。しかしディルクの魅力は可愛さだけではない。私は素直な気持ちを伝えた。

「ディルクはかっこいいですよ？　素敵な黒い毛並みはセクシーですし、戦っている時の真剣なお顔はかっこ良すぎてときめきます。それに頼りにしています。今日だって、万が一の時はディルクが必ず助けてくれると信じきっていましたから、ナイフで襲われても一切恐怖はありませんでした。私の呼びかけに応《こた》えてジェンドも助けてくれて、かっこ良かったし」

「……本当？」

「はい。いつもありがとうございます」

私は頷《うなず》く。ディルクは自己評価が低いよなぁ。ディルクは嬉しそうに笑った。少しでも私の思いが伝わったらいい。

「ディルク、寝よう」

ディルクはベッドに入ると、優しく私を抱きしめる。

「大好きなロザリンド、おやすみ」

「大好きなディルク、明日も明後日《あさって》もずっと私と居てね。おやすみなさい」

「……うん」

いたわるように優しく私を撫《な》でる手が心地好《よ》くて、安心できる腕の中で私はすぐに眠りに落ちた。


朝、またしてもマーサに見つかりました。

「ディルク様に夜ばいをする気概がおありとは……予想外でした」

「していませんから！」

涙目で否定するディルク。機能不全でも？　と真顔でマーサに聞かれてディルクは必死に否定していました。この大騒ぎで家族も来てしまいました。

今朝《けさ》もエンドレス説教の予感です。モーニング説教は勘弁してください。

◇◇◇

私はなんとかエンドレスお説教を回避しました。今は起きてから大人達が作った資料を読み込み、打ち合わせをしています。

玄関が騒がしい。そろそろ、来たかしら。誰かが私の部屋をノックする。入室を許可すると、マーサが入ってきた。

「お嬢様、城に来るようにと陛下からの使者が来ました」

「わかったわ」

いつもより身支度に気合いを入れる。悪役令嬢ロザリアが好んだ深紅のベルベットドレスによく似たドレスを選ぶ。ロザリンドの姿にも、深紅はよく似合った。青銀の髪が深紅のドレスでさらに色鮮やかに見えた。そして化粧は女の戦闘装束。ドレスに合わせた真っ赤なルージュと戦乙女の指輪を扇子に変えて、母の作ったショールをはおります。

さあ、戦闘開始です！


お城の謁見《えっけん》の間では、延々と貴族の名前と罪状を述べるという作業が繰り返されました。大漁ですよ。総勢四十人だったかな？　騎士&獣人部隊の皆様は優秀でした。応答は父がしており、気合いを入れて来たのですが、私は暇です。

私の後ろに聖獣様が来てくれました。モフろうとすると……あれ？　ご機嫌ナナメですか？

『ロザリンド、なぜ我を仲間外れにした』

念のため音を散らす魔法を発動させる。口元は扇子で隠して、読唇できないようにした。

「……いや、仲間外れではありません。今回は隠密《おんみつ》行動でしたから……聖獣様はどうしても威厳があって目立つので。それに、夜は得意じゃないでしょう？」

『むう……』

一応納得はしてくれたご様子です。モフ許可が出ました。わーい、モフモフー。

緊張感のカケラもなく、モフモフを堪能する私にも、ついにお鉢が回ってきました。

「此度《こたび》の件は、すべてそのロザリンド嬢が我々を陥れたのだ！」

罪状は仕込んでいませんよ。全部あんたらがしたことです。釣ったのは間違いないけどね。

「まあ……」

私は驚いたふりをしてみせる。聖獣様、横で笑わない！　年末の笑っちゃいけない番組みたいな気持ちになりつつ、私は聞いた。

「私が？　何のためにですか？」

ジェラルド公爵に疑問を投げかける。いや、無茶言うな。私は十二才。さすがにありもしない罪を仕立てあげたりする高等テクニックはないからね？

「騎士達の手際が良すぎる。あらかじめ嵌《は》めるつもりだったのだろう？」

「まあ！　騎士様達が証拠を捏造《ねつぞう》したとでもおっしゃいますの⁉」

周囲の人々がざわつく。私は大袈裟《おおげさ》に驚いたふりをした。

「ありえませんな。いくら公爵閣下といえども、騎士団への侮辱は許しませんぞ」

ジェラルド公爵を睨《にら》みつけるルドルフさん。実際に、捏造はしていませんしね。

私は扇子を優雅に振って、余裕の表情を見せる。

「まあ、実際手際は良かったでしょうね。騎士団の中でも有能かつ信頼できる方を選び、無駄足になる可能性もありましたが、今回の件での該当貴族の屋敷付近で、待機依頼をいたしましたもの。

誰かさんに、証拠隠滅されては困りますから」

私はにっこり笑ってみせた。

「ふむ、ではロザリンド嬢。なぜ騎士達を待機させていた？」

「私の暗殺計画がありまして。とある筋から情報がありましたの。犯人は同じでしたから、丁度良かったのでセットで片付けてしまおうと思いました」

聖獣様、プルプルしないで。私まで笑っちゃうよ。やめて。

「セットで……か」

そこ重要じゃないだろ、王様。やめて、そろそろ私の顔面筋肉が……扇子で隠せる気がしないのだけど。顔が引きつりそう。変顔だけは避けなくちゃ。女子としてまずい。

「ロザリンドを暗殺⁉　犯人は誰《だれ》なんだ⁉」

まともなアルディン様がまともなツッコミをくれました。ありがとう、私の顔面筋肉もおかげで救われました。もう少し遅かったら、笑い出すところだったよ。危ない、危ない。

「ふふ。私を殺そうとなさった方をお呼びいたしますわ」

昨日《きのう》私を刺そうとした貴族が拘束されたまま連れてこられた。

「私はこの娘に誘拐されたのだ！　私は被害者だ！」

ニヤリと笑うジェラルド公爵。いやいや？　口裏合わせても駄目ですよ。

「これを見ても、同じことが言えましてて？」

パチンと私が指を鳴らすと、録音・録画魔具が作動し大きくとあるシーンを映し出した。

「あの方……私はここで死ぬのでしょう。私を殺す方は、どなた？」

私の怯《おび》えたような声がはっきり聞こえました。私の演技もなかなかですね。映し出された得意げな貴族の男は、現在顔面蒼白《そうはく》で震えています。

「冥土《めいど》の土産《みやげ》に教えてさしあげます。私に貴女を殺すよう命じたのはジェラルド公爵ですよ」

銀のナイフを振り上げる貴族の男。私がパチンと指を鳴らすと映像は消えました。

「捏造だ！　でっちあげだ‼」

泣きながら喚《わめ》き散らす貴族の男。実はこの映像、偽装できなくはないのだが……できないことにしておいた方がいいかな？　と考えていると、アルフィージ殿下が発言した。

「……ロザリンド嬢ならば捏造できなくはないが、相当時間がかかるはずだ。それにこれは本物だね。背景が細かすぎるし、繋《つな》ぐ際にできるノイズがない」

アルフィージ殿下が私の魔具を確認する。あはは。こないだ使用許可申請した時にいくつか同じ物をあげたとはいえ、そこまで解るなんてさすがです。

「わ、私は関係ない！　そこの者も、ロザリンド嬢と共謀……いや、私を陥れるためにこの者が勝手にやったのだ！」

「ジェラルド公爵……」

切り捨てられた事実にショックを受けた貴族さん。可哀想だけど、君も捨て駒なのだよ。

「そうは問屋が卸しません！　ここに許可申請書があります。アルフィージ殿下と国王陛下に許可をいただいたモノです」

アルフィージ殿下（腹黒）が悪い悪戯《いたずら》っ子の笑みを浮かべる。

「ああ、思い出した。ジェラルド公爵の執務室とか、何箇所かにきちんと使用できるか仕掛けたやつだよね？」

「はい。バッチリ映っていました。使用は問題なかったです。そこにたまたまこんなものが映っていたのですよね」

問題は検索がしにくいことかな。改善の余地ありでした。チェックが大変でしたよ。私がパチンと指を鳴らすと再び魔具が映像を映し出す。

映し出されたのはジェラルド公爵の執務室。例の貴族と公爵の会話だ。

「忌ま忌ましいローゼンベルクの小娘が！」

「ジェラルド公爵、貴方の憂いは必ずや私が晴らします。あのような小娘、始末してしまえばよいのです」

「策があるのか？」

「罪はワルーゼに被《かぶ》せてしまえばよいのです。全《すべ》てはジェラルド公爵閣下のために」

うやうやしく礼を取る貴族の姿を最後に映像は途切れた。

「これでも無関係と言えますか？　ちなみに他にも色々面白いモノが撮れていましたが、アルフィージ殿下（腹黒）にあげました。不倫とか、使えそうなネタを厳選しましたよ」

「……何しているの、ロザリンド」

微妙な表情のディルク。映像チェック中、不倫映像に大当たりして悲鳴をあげていましたね。映像確認は量がありすぎたので、みんなで分けて確認したのですよ。

「世の中、ギブアンドテイクですよ」

私はディルクに笑いかけた。腹黒い殿下は面白い映像の見返りに、陛下へ話を通して騎士団の派遣を承認してくれました。

「その映像は決定的ではないな。私がロザリンド嬢を疎ましく思っていたのは認めよう。しかし、これは何を指示したかが明確ではない」

さすがは公爵閣下。この程度の引っ掛けにはかからないか。

「そうですわね。メインは後にしておきましょう。先に余罪を出しておきましょうか。罪状は税金着服、国境部隊の不正使用、ウルファネアへの情報漏洩《ろうえい》です」

「……は？」

私は国王陛下に証拠書類を渡した。

「ジェラルド公爵のみならず、多数貴族の関与を認めました」

国王陛下は書類を確認する。腹黒い殿下も読んでいる。

「しかし、ここまで調べられるものか？　内通者でもいなければ……」

さすがは腹黒い殿下だ。とても賢い。にやりと私は笑う。

「それについては協力者がおりますの。平民ですが、発言の許可をくださいますか、陛下？」

「許す」

「では、ラビーシャ、来なさい」

「はい、ご主人様」

メイド服に身を包んだ兎耳《うさみみ》癒し系美少女が現れた。彼女は優雅に礼をとる。昨日仕込んだにしては上出来だ。

「ラビーシャ、説明なさい」

「はい、ご主人様。私はワルーゼ商会の長女でございます。我が家は貧しい子供達を無償で預かっておりました。しかし、個人では限界がありまして……お金に困った時、ご主人様から援助のお話がありました。私は兄と父に話そうとしたところ……聞いてしまったのでございます」

ふるり、とラビーシャちゃんは震えた。か弱い兎《うさぎ》さんの姿は、人々の庇護《ひご》欲を誘う。うん、私の演技はまだまだだ。ここに女優がいるよ。

「ラビーシャ、大丈夫？」

彼女を気遣う様子を見せる私。いやぁ、彼女の演技の後だと大根だね！　彼女は震えながらも健気《けなげ》に微笑《ほほえ》んでみせた。

「大丈夫です。ご主人様のためですもの。私は、兄が貴族様に脅されているところを見たのです。言うことを聞かなければ、家族も預かっている子供達も皆殺すと……」

はらはらとラビーシャちゃんは涙を流す。しゃくりあげながらも彼女ははっきりと言葉を続けた。

「兄は、私達のために断れませんでした。私は耐えきれずご主人様……ロザリンド様にご相談いたしました。ロザリンド様は言われました。ならば、それを逆手に取ろう。脅す貴族を一網打尽にするために、耐えてほしいと私におっしゃったのです。今陛下がお持ちの書類は私達が屈辱に耐えながら集めた証拠にございます。ワルーゼ商会は命より大切な顧客までも売った状態です。再起不能でしょう。いくら証拠集めのためとはいえ、罪を犯しました。それは償わねばなりません」

ラビーシャちゃんは背筋を伸ばし、涙に濡《ぬ》れた瞳《ひとみ》をそのままに、まっすぐ陛下を見つめました。

「国王陛下、下賤《げせん》な身ではありますが、お願い申し上げます。どうか、この貴族様方に裁きを……！」

場が彼女にのまれていた。ワルーゼ家のメンツは腹芸に向かないから彼女が協力者でいくことにしたのだが……予想以上だわ。

圧倒的な演技力と場の空気を読んだ効果的パフォーマンス。素晴らしい。

「うむ。この証拠はきちんと調査された結果であるな。受理しよう。該当した貴族は必ずや何らかの罰を受ける。娘よ、ようがんばったな」

「……はい、ありがとうございます。ありがとうございます……」

すすり泣くラビーシャちゃん。いやぁ、本当にお疲れ様です。証拠の信憑性《しんぴょうせい》アップに加えてジェラルド公爵＝悪者というイメージをバッチリ植え付けてくれましたね。いい仕事をしてくれました。

「ラビーシャ、泣かないで」

「……ジェンド？」

ジェンドがラビーシャちゃんの涙を拭《ぬぐ》う。

「お姉ちゃん、あのおっさんは僕らに酷《ひど》いことをたくさんした悪いおっさんだ。悪いおっさん、今度はラビーシャにも酷いことをしたの？」

なんだと？

「ジェンド？　とっても大事なことだから、お姉ちゃんに教えてくれるかな？」

「うん」

「ジェンドを傷つけてロクに手当てもせず放置したあげく、ご飯もあげずにこき使った最低野郎が、あのおじさんなのかな？」

「うん。あのおっさん、僕だけに酷かったわけじゃないよ。獣人は低俗で汚《けが》らわしいとか言って、みんなに酷いことをたくさんしたんだ。僕、お姉ちゃんに会った日は……とうとう我慢できなくなって、悪いおっさんに噛《か》みついちゃったの。そうしたら、もっと叩《たた》かれて裸で捨てられたの。雨がつめたくて、僕はもう死ぬのかなって思ったら、お姉ちゃんが助けてくれたの」

しん、と静まり返る場。魔力が暴走しそうなくらい、激しい怒りが私の中で渦巻く。

「陛下、ジェンドは私の父方の従弟《いとこ》です」

「……そうか」

「とりあえず、同じ行為をせめて精神的にでも与えてはいけませんか」

「……後にしなさい」

よっしゃあああああ！　後で地獄を見せてやる！　ジェンドや子供達に聞いた話をリアルに再現したあげく、地獄の責め苦を見せてやる！

「かしこまりました。では、話を戻して私の暗殺未遂ですね」

私は陛下に私の暗殺契約書を渡した。

「これはジェラルド公爵の屋敷、魔力認証の箱に入っていた書類です。さらに……」

「連れて来たわよー」

母に連れられ、アークとマーサに捕縛された虫さん達が現れた。暗殺の契約書は基本契約を違《たが》えれば、ペナルティが発生する呪《のろ》いがかかっている。

「これが本物なら、契約不履行をした者に反応するはずです」

契約書を虫さんに近づける。一番小柄な虫……少年が苦しみだした。契約書も光り、呪いを発動させる。相当苦しいはずなのに声を出さないのは暗殺者だからなのか。

「アリサ」

「はぁい」

アリサの解呪が発動し、呪いを溶かす。呪いが解けた小さな少年は浅い息をしていた。

「貴方の依頼主は誰《だれ》？」

「あの男だ。名前は知らん。あんたの暗殺を依頼された」

少年はジェラルド公爵を指差し、見据えた。

「私は知らん！　なぜ私がこんな小娘を殺さねばならぬのだ」

「動機ですか」

ここまでくれば、証拠は充分だし言わないでおいてやろうかなと思っていました。でも、私の可愛《かわい》いジェンドを虐《いじ》めた奴《やつ》は許さん！

うちの嫌がらせのプロフェッショナルに心を折られてしまえ！　黒歴史を晒《さら》されて、後悔するがいい！

スイさん！　お願いします！

「君は私の光。ルーミア、君の瞳はまるで星。君は私の花。君は何より美しい。私のいとしのルーミア。私の愛に応《こた》えておくれ。つれないのは気をひきたいだけなのだと、私はわかっているよ」

「私、貴方みたいに性根が腐った人は、大嫌いです！　私の大切な息子にこんなに酷いことをして！　最っっ低‼　嫌い、嫌い、だいっきらーい‼」

昔のジェラルド公爵の恋文を情感たっぷりに朗読したスイさん（腹黒）↓それにガチの返事をするルーミアさん↓ジェラルド公爵、涙目。

「しかもセンス古いわ、独りよがりだわ、最低」

さらに的確に傷を抉《えぐ》るスイさん。さすがです。私が頼んでおきながら、ちょっと後悔していますよ。

「つまり、好きだったけどまったく相手にされなかったルーミアさんの結婚相手が獣人だったから獣人を憎み、罪のない獣人の子供を虐待した。私がルーミアさんに似ていたから憎かった。おまけに血縁でしたしね」

「さいてー」

ルーミアさんは絶対零度の眼差《まなざ》しで、ジェラルド公爵を睨《にら》みつけています。まぁ、最低ですね。同感です。対照的にスイは楽しそうです。

「まだまだあるよ。自作ポエムにー、自分に酔った日記なんかも。ガンガンいくよ！」

「やめてくれ！　もうやめてくれぇぇ‼　私が、私がやりました‼　牢獄《ろうごく》に繋《つな》いでください！」

あ、ジェラルド公爵が陥落した。

「えー、ポエムだけでも詠みたいんだけど、駄目？」

スイもジェンドを可愛がっていたから、本気で怒っているのよね。仕方がないかなと許可した。

「……まぁ、一個だけなら」

「じゃ、これ。

タイトル・君の瞳は電気ウナギ

君の笑顔、俺の心にジャストミートさ☆
ビリビリ胸が痺《しび》れるYO☆　刺激的、百万ボルトに値する。おれは、君に焦がされる。
まるで、電気　U☆　NA☆　GI☆」

「……」

スイの無駄にイイ声でラップ調に詠まれた。これは酷い。なにこれ。ポエム？　ポエムなの??

「変なのー」

無邪気なお子様が、正直な感想を述べてしまいました。

「お姉ちゃんもそう思う。むしろコメントしにくいわ。酷いを通りすぎて、痛い。痛すぎる。聞いている方も大ダメージを喰《く》らうとか、ある種の才能はある気がするけれども」

Yo
Yo

「うがぁぁぁぁぁ‼」

私の正直すぎたコメントに乱心したらしい。ジェラルド公爵が私に襲いかかった。しかし、隣にいたディルクに一撃で倒された。

「ディルクかっこいい……」

「ロザリンド、怪我《けが》は？」

「ありません！」

にっこり笑ってディルクの片腕に抱き着く。ディルクは私をナデナデしてくれる。そんなご機嫌な私にスイが話しかけた。

「しかし、さすがはロザリンドだね。的確に相手を抉っているよ」

「……そ、そんなことないもん」

結局ジェラルド公爵は様々な罪で投獄され、死刑は免れないだろうとのことでした。

私達はそれぞれ解散し、私は父の仕事手伝いに勤《いそ》しむのでした。情報漏洩に関してはどの程度までかが私達の調査も完璧《かんぺき》ではなかったので当面は尋問になるそうです。

こうして、長かったロザリンド暗殺未遂事件は終結したのでした。

◇◇◇

私の暗殺未遂事件から五日が経《た》ちました。多少周囲は落ち着いてきたかな？　という感じです。

とりあえず、近況報告を。現在騎士団は大忙し。大物から小物までの大捕物でしたからね。裏付け調査やら後始末やらで、ディルクも休み返上で走り回っています。ルドルフさんに頼むから、次からはもっと早くに教えてくれと言われました。次とかはないと思いたい私ですが、とりあえずわかりましたと返事をしました。

馬鹿貴族が抜けたので、父も忙しいかと思いきや、宰相執務室にはさほど影響なし。他の部署が大変なことになっているようです。さらに私の草案を捩込《ねじこ》まれた国王陛下も忙しいらしいです。がんばれー（他人事《ひとごと》）。

我が家は……兄とゲータはかなり相性がよいみたいで、普通に仲良くなりました。

苗とか買いに行くと半額になるかオマケが大量についてくるらしく、買い物については頼もしいゲータです。ただ、私とマーサがここ数年武者修行ついでに採取してプレゼントしたモノが超高価だとばれてしまい、叱《しか》られたりしました。いいじゃないか。採取したから元手はタダですよ。

ゲータは家庭菜園が趣味なわけではなく、食うに困って畑を作ったそうですが兄に付き合い植物を育てる楽しさに目覚めたらしく、よく畑仕事やら造園やらを手伝っています。やたら働き者なので、アークにも可愛がられているようですね。凶悪フェイスに似合わず世話好きなので、子供達に絡まれる場面をよく見ます。子供達はまったく遠慮も容赦もないので、よく怒らないな……という場面も多々あります。意外に温厚な男らしいです。

私付きメイド見習いのラビーシャちゃんは、立派な忍者になりそうな気配です。……なぜだ。いや、理由は理解しています。認めたくないだけで。

私付き＝危険。私の足手まといにならない実力が、最低限必要とのこと。確かにラビーシャちゃんが人質にとられたら困る。というわけで、彼女は側仕《そばづか》えとしては申し分ないので戦闘訓練を重点的に実施中です。この間は、壁を走っていました。足音がしなくなりました。彼女は忍者として着実に成長しています。

それから、ジェラルド公爵に雇われていた虫……じゃなかった。暗殺者が居着いてしまいました。さすがに子供（十才ぐらいらしい）を処刑はちょっと……と思いハルに頼んでコッソリ逃がしたら、

「しくじった暗殺者に居場所はない。殺すか使うか、拾ったなら選べ」

……と言われて今に至ります。彼はフクロウの獣人で、翼が出し入れ自由です。便利ですね。名前がないので、便宜上オルドと名をつけました。結構な美少年です。

そして、ルーミアさんはラビオリさんの預かっている子供達の面倒を見ています。貴族の残党がいても面倒だし、子供達は改装が済むまで我が家で保護の予定です。なかなかやんちゃなので、私もたまにシメ……世話を手伝っています。

さて、そんな日々をすごす私です。ある朝、スイが言いました。

「ロザリンド、子供達が秘密基地を造りたいって」

「ん～？」

私は完全に寝ぼけていました。秘密基地？　そういや、昔に造った話をしてあげたなぁ……寝ぼける私をさっさと着替えさせ、スイは庭のスペースに私を連れて来ました。

「ここならいいと思わない？　ロザリンドなら木を成長させてすごいのを造れるよね？」

「ん〜？」

ここで目が覚めればよかったのですが、私はまだ寝ぼけていました。

「ほら、この苗木に魔力注いで、秘密基地って考えて！」

「ん〜」

私はこの時、シル○ニアファミリーの木のお家《うち》的なモノをイメージしてしまいました。一階はフカフカな草の絨毯《じゅうたん》と木のうろ的な空洞。二階はトランポリン。三階は小屋と滑り台。滑り台はストレートと螺旋《らせん》の二種類。魔力をひたすら注ぎ目を開けると、そんな素敵な木のお家が目の前にありました。

「わー、ロザリンド、すごい！　すごい秘密基地だね！」

「……」

残念すぎることに、私の頭はこの瞬間に完全覚醒《かくせい》を果たしました。そして脳内では大きな木がなんの木かな？　という某ＣＭの歌が流れています。見たことのある木でしたね、あの苗木。以前、誕生日に断ったユグドラシルが立派な木のお家になって再登場ですよ‼

「スイのばかたれぇぇ‼　私のばかぁぁぁ‼」

覚醒した私は、とりあえず元凶を罵《のの》りました。素早く捕獲しガクガク揺さぶります。同じく寝ぼけていたらしいロザリアも苦笑い。しかしロザリアもあのお家には興味津々なご様子。子供達は喜ぶだろうけど、どうすんだよ、このユグドラシル。

「あはは……まぁ、子供達も守れるし、ユグドラシル自体に目くらましの魔法かけてもらえばいいんじゃない？　ユグドラシルに頼んで屋敷全体に結界をはれば、ロザリンドも安心して外出できるよね？」

「……うー」

「前回と違って、ジジイから渡すように頼まれたんだよ。少しでもロザリンドの力になれるならってさ」

スイは的確に私の弱点をついてくる。子供達の護《まも》りと、善意のプレゼント。私は兄に土下座する覚悟を決めたのでした。

「わー」

半ば呆《あき》れる兄。すいません。寝ぼけていました。事情を話すとユグドラシルを確認しに来ましたが、意外にも叱られませんでした。

「まぁ、仕方ないよ。子供達は喜ぶだろうし、いいんじゃない？」

とのことでした。念のため、屋敷の人間以外認識できない魔法をかけ、子供達を呼んできました。

「ふわー」

「すごーい」

「……（目がキラキラしている）」

ほとんどの子供達は親元に帰しましたが、三人は身寄りがないので我が家に滞在することになりました。

顔がわんこの変わった獣人、ポッチ。ふわふわな毛並みの白猫獣人、マリー。無口な蛇の獣人、ネックス。

ジェンドとオルドも含む五人の目は木のお家に釘《くぎ》づけでキラキラしています。うちの精霊さん達も参加ですよ。

「遊んでいいけど、危ないことはしないのよ」

私の注意事項を聞いて、五人+精霊さん達は一斉に走り出しました。

「……なぜ階段を使わない」

五人+精霊さん達は一斉にクライミングを開始しました。一部、空を飛んでいます。中に階段があるんだけど……ま、まぁ楽しんでるからいっか。

「お姉ちゃん、このふかふか、なあに？」

トランポリンですね。使い方を教える。

「わ、マリーすごい！」

さすがは猫！　オリンピックに出られそうな、大回転宙返りです！

「お姉ちゃん、これは？」

滑り台ですね。使い方を教え……ふぎゃあああ！　ストレートの滑り台超速い！　怖い‼　地面と顔面衝突か⁉　と覚悟を決めたら……ふかふか？

「ユグドラシルががんばったみたいだね」

気が利くユグドラシルは私が怪我をしないように根を伸ばし、一部をトランポリンにしたようです。木だけに気が利く……いやいやいやいやいや！

「がんばってどうにかなるモンなの⁉　ユグドラシルもマグチェリアみたいに意思があるの⁉」

「ん？　ロザリンドの魔力の影響かな。まだ意識は幼いみたいだから精霊は出ないだろうけど」

「また私のせい⁉」

無言でスイはにっこり笑いました。

「それに、このユグドラシルはエルフの森のユグドラシルと繋がっているから、ロザリンドが助けてくれたことを覚えている。必ずロザリンドの助けになるよ。僕の力も増すし、ロザリンドの護りは多い方がいい。ロザリンドは、大事なモノも多いしね」

そう言われてしまうと、私は何も言えません。

我が家に素敵なユグドラシルさんが増えました。ユグドラシルさんはお腹《なか》が空《す》くと、実をつけて私の手の中に落としてくれるのですよ。懐かれすぎていて、どうしたらいいか解りません。誰か、対処法を教えてください。とりあえず、私はユグドラシルさんが実をくれたらお礼に水をあげています。

やたらと私に親切なのは、ユグドラシルさんだけではありません。サボテンさん達もです。スイが以前、書類仕事のお手伝いにと召喚したサボテンさん達は、すっかり我が家の庭にいついてしまいました。そして、書類仕事だけでなく庭の草取りやごみ拾いに、掃き掃除まで。いつの間にか働くようになってしまったのです。

「何かお礼がしたいけど、何がいいかなあ」

そんなふうに呟《つぶや》いたのがいけなかったのだろうか。ユグドラシルさんの横に、立派な温室ができておりました。仕方がないので兄に土下座しました。己の不用意な発言の結果であるという自覚があったからです。

「まあ、できちゃったものは仕方がない。サボテン達の休憩所なら、土より水はけのいい砂がいい。そのぐらいは僕らでやろうよ」

「はい！」

砂を運び、風で飛ばないよう煉瓦《れんが》で囲って、完成！　ユグドラシルさんには兄が肥料をあげていました。うん、素敵な温室だ。

早速兄と一緒にサボテンさん達を呼んできました。

「最近よくがんばってくれているから、ご褒美だよ。どうかな？（主にユグドラシルさんが）がんばったんだよ」

サボテンさん達は一斉に色鮮やかな花を咲かせた。これは喜んでいる時の……あれ？

「ちょ⁉　干からびてない⁉　花が咲いて干からびるって何⁉　悲しいの⁉　嬉《うれ》しいの⁉」

「あわわわわ、み、みず！　水ううう！」

結局サボテンさん達は感激して号泣したそうです。び、びっくりしたあああ。


我が家は、今日も平和です。

第二章　ロザリンドの休日

今日、私は珍しく予定がありませんでした。ディルクも今日は仕事の関係で一緒にお昼をとれないので、お弁当も不要……ではなく、父と兄から要請があったので父・アーク・秘書官二人・兄のお弁当を作りました。ついでに自分の分も作ってユグドラシルさん辺りで食べようかな、と思っています。

お昼までは時間があるので、日当たりのいい庭のベンチで読書をしていたら何やら視線を感じました。わんこ……ではなく、ジェンドとポッチがじっと私を見ていました。

「お姉ちゃん、今日はお仕事？」

ジェンドが私に聞いてきました。

「今日はお休みなの。だからお姉ちゃんは、ご本を読んでいるの」

「ご本……楽しい？」

耳と尻尾《しっぽ》がへたっている……ジェンドはだいぶ毛並みが良くなったなぁ……。

「え？　まぁ……楽しい……かな？」

質問の意図が解《わか》らなかったので、とりあえず正直に返答した。

「お姉ちゃん、僕達お姉ちゃんと遊びたいの。だめ？」

ポッチはプルプル震えながら涙目で私に告げてきた。この子はやたら私に懐いているが、怯《おび》えが強いし怖がりである。健気《けなげ》なわんこの勇気をだしてのおねだりに、私が拒否するはずはない。さらに二人の遊んでほしい光線に、私は耐えられなかった。

「……いいよ」

「「やったぁ！」」

わんこ二人の喜び様に、のんびりするつもりだったが、まぁいいかと思った。

そして思いつきでピクニックに出かけました。子供達と精霊さん達、引率（笑）兼護衛でゲータです。

私はすっかり忘れていました。前回のピクニックの惨劇を。

王都を出て、前回同様小高い丘に敷物を敷いてお弁当をいただく。ここまではよかった。

獣人には少し物足りなかったようで、ゲータが現地調達すると言い出しました。いやいや、魔物を狩る気？　いや、私はいいけど子供達……やる気……否、殺《や》る気だ。

結果として、大漁でした。余った分はダンに調理してもらうつもりです。私はゲータに聞きました。

「……何しているの？」

「新鮮でもさすがに生はまずいだろ？」

丸焼きとか豪快にも程があります。子供達的にも、これが普通なご様子。え？　おかしいのは私？　いやいや、私は普通！　私は丸焼きを大量作製しようとするゲータに言いました。

「……私が調理するから、解体して」

「は？」

キョトンとするゲータ。子供達もキョトンとしている。

「お姉ちゃん、りょうりできるの？」

「今日のお弁当はお姉ちゃんの手料理です。普通に食べられるレベルだったと思うけど？　最近のおやつは大体私が作っているし」

「え？」

固まるゲータと子供達。何がそんなに驚きなの？　オルドが意外そうに告げた。

「貴族のお嬢様って、普通料理なんてできないと思うけど」

「私は自分の旦那《だんな》様に毎日手料理を食べさせたいので、日々修業しているのです」

「……そうなの？」

「私はディルクがおいしそうに私が手作りしたお弁当を食べている時、幸せです。オルドやジェンドやポッチやマリーやネックスが手作りおやつを幸せそうに食べているのを眺めるのも、大好きです」

「ロザリンドは餌付けが趣味なの？」

「え……？」

オルドは冗談ではなく、本気で聞いているご様子。予想外の単語に一瞬硬直する私。オルドは暗殺者として育てられていたせいか、たまにとんでもないことを言ったりやったりする。

「いや、普通に自分のしたことで他人が喜ぶと嬉しいのよ」

「そういうもの？」

「うん。そういうものですよ」

「よくわかんないや」

オルドは首をかしげた。

「少しずつ理解しなさい。ここにずっと居るつもりなら」

「……わかった」

オルドは私に頭を撫《な》でられ……撫でやすいようにとわざわざ頭を傾けた。

待て。子供達よ、なぜ並ぶ。私は子供達＋精霊さん達までナデナデするはめになりました。

気を取り直してたまたま持っていた調理キットを広げ、子供達が採った山菜やらキノコやらの下処理をします。

「お姉ちゃん、すごい」

子供達の中でも素直なポッチが尻尾をフリフリしています。くぅ……！　包丁を持っていなければ、モフれたのに！

子供達もお手伝いです。私が下処理したお肉や野菜を串《くし》に刺しています。

そして、それを焼くコウ。ピクニックからの狩り↓バーベキューです。

「おいしいー」

みんな、よく食べるなー。私はひたすら調理して調理して調理して……。

皆さん、本当によく食べました。さて帰ろうかという頃《ころ》になり、なんだか不穏な気配がしてまいりましたよ？

「……お姉ちゃん」

不安そうに私に寄ってくるポッチ。大丈夫、大丈夫。お姉ちゃんは強いですよ。

「スイとアリサは連携して結界」

「コウはドラゴンになってみんなを守りなさい。ゲータも念のため子供達と結界内に居て」

「「はーい」」

「うん！」

「ま、待てよ！　護衛の意味ねぇだろ！」

私はゲータの言葉を無視して、戦乙女《いくさおとめ》の指輪を双剣に変える。即座にロザリアへ、身体《からだ》の主導権をチェンジした。オルドは結界をすり抜け、参戦するつもりのようだ。

「行くよ……！」

敵は狼《おおかみ》型モンスター、バーサクウルフ。ただ、数が多い。確かにこのモンスターは群れる習性を持っている。しかし三十体以上で襲ってくるなんて、この森に何度か狩りに来ているが見たことがない。

次々とロザリアは魔物を切り捨てるが、数が多くてラチがあかない。仕方がないので身体強化は

せず、オルドの位置を確認してから広範囲殲滅《せんめつ》魔法をハルと作動させた。

「総《すべ》てを切り刻め、怒りの風よ！　刃《やいば》の暴風!!」

周囲の魔物は一瞬で切り刻まれた。うぁ、地味にスプラッタ。焼けばよかったかしら。

「ふむ？」

一応さっき倒したうちの一体はわざと攻撃しないでおいたのだが……頭からキノコが生えている。この魔物、こんなキノコは生えてなかったはず。

スイが大丈夫と思ったのか、結界をアリサに任せて側《そば》に来た。

「これ、多分キノコを媒介にした呪《のろ》いだよ。頭に胞子を植え付けて、操るの」

「……それ、植えられた方は……」

「……早く対処すれば大丈夫」

多分だが手遅れな場合、キノコは最終的に脳へ到達するのではないだろうか。怖い！　それなんてホラー⁉

「……え？」

まるで幽霊みたいにフラフラと今度は人間……しかも騎士団の制服を来ている。ざっと見た感じ五十人は居るよ⁉　またか⁉　また騎士団襲われちゃったわけ⁉

「スイは結界をハルと展開！　アリサ、あれ解呪できないかな？　オルドは空中で待機。攻撃しないで！」

「はぁい。多分大丈夫。植物の呪いだから難しくないよ」

アリサに魔力を注ぐ。巨大な緑の魔法陣が出現した。

「『悪《あ》しき呪いを溶かして消し去れ。緑の浄化！』」

私とアリサの魔力が呪いを……頭のキノコを消し去る。うあ、よく見たら目とか虚《うつ》ろでホラー映画かよ！　怖いよ！　キモいよ！

バタバタ倒れる騎士団の皆様。全員そう時間は経《た》ってなかったらしく、大丈夫そうだねとスイが言う。ん？　見覚えある顔がいる。

「ロスワイデ侯爵子息？」

「ん……なぜ、君がここに？」

「ピクニックに来たのですが」

「「……」」

「……運がいいのか悪いのか」

まったくだ、今日は休暇だったのに。子供達とのんびりする予定だったのに。

「……ディルクは？」

「まだ交戦中だろう。さすがにディルクも我々には手を出せないらしく、うっすらとした記憶ではあるが、苦戦していたような気がする」

「オルドは周囲を警戒！　街に行こうとするモノがあれば報告して！」

「俺は戦いたい」

「今回は駄目！　魔物は倒してもいいけど、騎士はなるべく無傷で回収する。倒れている人達は任せるよ、ロスワイデ侯爵子息！」

「わかった。すまない」

まだ顔色は悪いが、了承は得た。

「アリサ、がんばってもらうけど大丈夫？」

「まかせて、まま！」

「待って、お姉ちゃん、僕も行く！　僕、足手まといにならない！　僕、捜すのとくいだよ！　匂《にお》いもたどれるから！」

確かにジェンドの超直感は捜すのに向いているし、鼻もいい。

「無理しない。危険なら私を置いてでも逃げる。約束できなければ、連れて行けない」

「約束する！」

「なら、おいで！　ジェンド、アリサ、行くよ‼」

私達は森に向かって駆け出した。

「ジェンド、どっち⁉」

「多分、あっち！　嫌な感じがする！」

暗い森をひたすら走る。コウが居ないのに、襲って来る魔物もいない。森の中は静まり返り、異常だった。

私は思いついて、通信の魔具を作動させた。

「強制起動。対象はディルク、カーティス。最大音量、呼び出し音作動‼」

けたたましいベル音が森に鳴り響く。方向は間違っていないし、そんなに遠くもないようだ。

「呼び出し音停止。強制通話」

焦るカーティスの声と剣を打ち鳴らす音が聞こえる。

「な、何⁉　壊れた？」

「壊れてないよ」

「カーティス、俺はもう駄目かもしれない。天使の声が聞こえてきた。最期にロザリンドに逢《あ》いたかった……」

「むしろ助けが来たからがんばれよ！　ロザリンドにカッコイイとこ見せてやれ！」

「いやいや、本物だから。つか、何？　天使って何？　天使は私の声なの？」

「ろざりんど？」

「今助けに行くから、がんばれダーリン！」

「……うん！」

私達がディルク達と合流すると、かなりの乱戦になっていた。完全に囲まれ、背中合わせに孤立するディルクとカーティス。これは確かに現実逃避の一つもしたくなる状況である。

私はあらかじめ、いつでも発動できるよう用意しておいた魔法を発動させる。

「『緑の浄化‼』」

騎士達はバタバタと倒れていく。ディルクもカーティスも満身創痍《まんしんそうい》だ。

「ディルク！」

「あー、大丈夫。致命傷はないよ。かすり傷だけ」

とはいえ、回復魔法をかけてやる。確かに傷は軽傷だが、疲労が酷《ひど》い。

「ロザリンド、俺もー」

ぐったりしたカーティスにも回復魔法をかけてやる。カーティスも似たような状態だ。鍛えているこの二人がここまで疲弊するなんて……。

「カーティス、あんた嫌な予感は無かったの？」

「……多少はあったけど、大丈夫な感じだったからなー。もしかしたらロザリンドがたまたま近くに居たからかも。じゃなかったら、マジでヤバかったわ」

「ちなみに、どのくらい戦っていたのよ」

「五時間……ぐらい？」

マジか。ディルクも豪快な腹の虫が鳴っています。私の分の焼き菓子をとりあえず二人に渡し、ジェンドに聞いた。

「ジェンド、嫌な感じはまだする？」

「うん。あっち」

ディルク達は魔物の異常発生の知らせを受け、早朝から討伐に向かっていたらしい。キノコ付きの魔物が多数出現し、倒していたところ仲間からもキノコが……。

「目が虚ろだし怖いし、動きは直線的だけど力が異様に強くて……」

「しかも数が数だし、殺すわけにもいかねえしでな」

八方塞《はっぽうふさ》がりで持久戦になっていたところに、私が来たらしい。

「お姉ちゃん、何か来る！」

ジェンドは私があげた鉤爪《かぎづめ》を向ける。うげ、ルドルフさんまでいるし。魔物も多数。

「ジェンド、魔物は倒して！　カーティスとディルクは騎士を抑えて！」

雑魚《ざこ》を蹴散《けち》らしても仕方ない。魔力のモトを探す。

「あ、あがぁぁぁ⁉」

キノコを生やした魔物と騎士達が一斉に苦しみだした。

「あー、テステス。ロザリンド、聞こえる？」

「スイ？」

魔力の波長からして、間違いないだろう。

「うん。よく解ったね。向こうでじっとしているのも暇だから、キノコに介入してみたらできた」

なんというチート。相手の呪《のろ》いに介入して主導権を奪ったらしい。

「呪いのモトは近くに居るね。呪いにかかったのは、こいつらで最後みたいだよ。がんばってね」

「了解。助かったわ。明日のおやつはスイが好きなものをたくさん作るからね」

「やった。楽しみにしているよ」

さて、モトを探さないとね。サクッと浄化でキノコを消し去り、周囲の気配を探る。

「お姉ちゃん、あっち」

「ロザリンド、あれ」

超直感持ち二人が同時に指したのは、全身キノコの魔物。

「ん？」

魔物の周囲に何かが視《み》える。鎖？　呪いの類いかな？

「アリサ、あれ消せる？」

「多分、大丈夫！」

アリサの光で鎖が消えた。すると、キノコがゴロゴロと魔物から落ちた。魔物はモグラになった。

いや、デカ！　熊サイズのモグラですよ！　モグラの魔物……はいないから、獣人？

「助かりましたぁぁぁ！　あなたは命の恩人ですぅ～！」

つぶらな瞳《ひとみ》のモグラさんは泣き出した。ん？　どういうことかな？

モグラさんが言うには、モグラさんは土の精霊で昼寝をしていたら呪いを植え付けられ、魔力を吸われて呪いを撒《ま》き散《ち》らし続けていたそうな。声も出せない。助けてと泣いても、涙からも魔力を吸われて、キノコになる。か、可哀想《かわいそう》……えっぐい呪いだなぁ……。

「ディルク……」

「んー、このキノコを魔法院で調べてもらうか。モグラさん、悪いけど君を重要参考人として連れて行くよ。大丈夫、悪いようにはしない」

ディルクは私に笑いかけた。キノコは封印布にくるむ。私も一応回収した。まとめて賢者のじい様に調べてもらうかな。

モグラ君はディルクに頭を下げた。

「はいぃ、みなさんにもご迷惑をおかけしましたぁ」

残念なことに、モグラ君は自分を呪《のろ》った相手については何も覚えてないそうな。

丘に戻ったら、スプラッタだった魔物は綺麗《きれい》に解体されていました。オルドとスイが危険はないと判断したかららしい。

そして、バーベキュー再び。朝から食事を摂《と》る暇もなく働いていた空腹な騎士さん達にふるまうことになりました。ひたすらに下ごしらえ、子供達がお手伝いし、コウが焼く。

調理やら何やらで疲れきってしまった私はディルクの膝《ひざ》で爆睡して、気がついたら家でした。


学校から帰宅した、何も知らない兄に私は言いました。

「兄様、今日は子供達とピクニックに行きました」

「楽しかった？」

「はい。途中まではピクニックでした。途中から狩りをしてバーベキューになって、魔物とキノコに襲われて、騎士団を助けてきました」

「本当に何をしに行ったの⁉」

まったくだ。兄のツッコミに、心が安らぐ私でした。

休暇のはずが、なぜかさらに疲れてしまったのでした。

◇◇◇

やたら疲れたピクニックの翌日。私はいつも通りお仕事をしていました。

「すんませーん、お邪魔しまーす」

やる気なさそうな声が宰相執務室に響きました。カーティスです。

「あ、いたいた。ロザリンド、悪いんだけど重要参考人として連行されて」

「はぁ？」

私は騎士団の兵舎に連れていかれました。ここは……団長執務室？　珍しくノックするカーティス。

「団長、入りますよー」

「入れ」

「はーい」

お部屋には団長さんとモグラさんと……誰だ？　知らない男性が居た。

「昨日《きのう》のことについて、話をしてくれないか」

「いいですけど、私も居たのは本当にたまたまですから詳しくは無理ですよ？」

私は覚えている限りの顛末《てんまつ》を話した。むしろ犯人については私が知りたいぐらいだ。一応見当はついているが、まだ会えていない相手だ。

「ふむ、しかし君は以前もたまたま騎士団を助けているね。そして、精霊は君のモノになった」

知らない男性は壮年の……体格からして騎士だな。私を観察する瞳は敵意を隠していない。

「ルドルフさん、帰っていいですか？　不愉快ですわ」

「すまないな。こいつは副団長のランドルフだ。非礼は俺が謝罪する」

「団長⁉」

「謝罪、お受けいたします。よろしくて？　いくら騎士団副団長とはいえ、私は公爵令嬢です。非礼な男に答える義務はなくてよ」

こら、カーティス笑うんじゃないよ。

「確かに偶然と言うには、できすぎていると私も思います。でも私が仕組んだなら私は確実にアリバイを完璧《かんぺき》にしてからやるでしょう。さらに、私にだって文句はありますよ？　騎士団の危機管理のなさですよ！　私のディルクを危険に晒《さら》して、何を考えているんですか！　魔法やら呪いやらに弱いのは騎士団の弱点です。事前調査も甘い！　理解しておきながら、改善しない体制に問題があります！　今回私が居なかったら、騎士団の部隊は確実に全滅ですよ⁉」

「う……」

「ルドルフさんだって、あのままでいたらキノコに頭の深くまで浸食されて死んでいたのですからね！」

「そ、そうなのか？」

「そうなんですよ！」

私の剣幕に引き気味の大人二人。部屋の隅でプルプルしてるカーティス。険悪な気配にオロオロしているモグラさん。見事なカオス。

「用件がそれだけでしたら、私は失礼いたしますわ！　不愉快です！」

身を翻して出て行こうとした私の手をつかむ副団長。チッ、離脱失敗か。

「気安く触らないでいただける？　無礼ですわ」

つかまれた手を叩《たた》き落《お》とした。

「痛っ！」

「で、何か他に用が？　私、仕事を残して来ておりまして、時間がありませんの。簡潔かつ、手短にお願いしますわ」

イライラしてきて、魔力と殺気が駄々洩《も》れになる。さすがカーティス、お前一人で逃げるつもりだな。あ、ルドルフさんに確保された。ざまあみろ。

「ひ、非礼を詫《わ》びる。ロザリンド嬢。貴女《あなた》の言う通りだ。騎士団に入ってもらえないだろうか」

「……へ？」

「一時的で構わない。貴女は多分、騎士団の内通……フガッ⁉」

副団長の口を塞《ふさ》ぎ、即座に防音結界を展開。廊下と窓を確認。

「馬鹿ですか⁉　内通者とか、防音結界もなしに話しますか⁉」

「あー、部下がすまんな、嬢ちゃん。しかし、ジェラルド公爵の件では出さなかったが、騎士団内部にも内通者は居るんだろう？　あの部隊編成は、どう見ても意図的だ」

「確証はないし、あくまでもグレーですよ？」

「構わない」

私は紙に怪しい騎士団員の名前を書いて渡した。

「読んだら燃やします。覚えてください」

「わかった」

ルドルフさんはしばらく読むと私に紙を返したので、一瞬で燃やした。

「ところで、モグラさんは明らかに部外者だけどよろしいんですの？」

「ああ……それがな」

モグラさんは私に土下座した。私は咄嗟《とっさ》にカーティスを見る。カーティスはヘラヘラしていた。この野郎、解っていて連れて来やがったな。後で絞める。

「お嬢さんがぁ、ボクを助けてくれたんですよねぇ。ボク、お嬢さんに加護をあげたいんですぅ！　お願いしますぅ！　ボクに名前をくださいぃ！」

「ロザリンド、真顔になってんぞ」

真顔にもなるだろう。普通逆だよね？　人間がお願いしますなんだよね？　モグラさんがここで本来聞いたらマズイ話を聞いていたのは、私の精霊になると思ったからですね？

モグラさんをモフってみる。彼の毛は硬そうだが、意外に触るとチクチクしない。あれだ。ファイバー的な手触り。

「……だめでしょうかぁ」

真剣に彼の毛皮を堪能していたら、モグラさんは涙目だ。

「瞳が琥珀《こはく》っぽい色だから、ハクで」

「ありがとうぅ！」

「なんか、ロザリンドはピクニックに行くと騒動に巻き込まれて精霊ゲットまでがセットな気がしてきた」

「やめて、超直感持ちに言われたら現実になりそうで怖いから」

私はカーティスにツッコミを入れ、副団長に話しかける。

「あ、副団長さん、騎士団に入団は保留で。私、春から学校なので中途半端にしたくないです。何か手伝いが欲しいなら冒険者登録していますから、指名依頼をしてくだされぱうかがいます」

「承知した」

「よろしくね、ハク」

私は熊みたいにでっかいモグラさんの精霊をゲットしたのでした。

◇◇◇

私は宰相執務室に戻ると驚かれました。いや、そりゃあでっかいモグラを連れてれば誰《だれ》でも驚くよね。

「お嬢様、捨ててきなさい」

「なんで拾ったことになった⁉　そんななんでも拾わ……」

「ジェンド」

「う」

「コウ」

「ひ、拾ってない……」

「オルド」

「い、居着いたんです」

「……お嬢様」

「うわぁん！　悪かったわよ！　でもハクは私の精霊さんになったから！　仕方ないの！」

「は？」

私は仕方なく昨日《きのう》の休暇のお話をしました。

「お嬢様、なんかこう……トラブル引き寄せるナニカがついてねーか？　普通ピクニックでこんな騒動起きねえぞ」

「私だって普通にピクニックするつもりが……」

「すいません……ボクが呪《のろ》われていたせいですぅ。ロザリンド様を責めないでくださいぃ。ロザリンド様はなんにも悪くないですぅ」

ハクはまたしても土下座して、しくしく泣き出した。

「お願いしますぅ。ロザリンド様は悪くないですぅ。ボクが悪いんですぅ」

「アークが泣かした」

「俺⁉」

「アークだな」

「あああぁもぉ！　わかったよ！　お前は悪くねーよ！　気にすんな！　お嬢様はハク連れて屋敷に帰れ。みんなに紹介してやれよ」

「そうしようかな……」

やたらアークが私を帰宅させたがるので理由を聞いたところ、今城は深刻な人材不足であるとのこと。私を借りたい部署の人が結構いるらしいので今日は帰宅。しばらく落ち着くまでは城に来ない方がいいかも、とのことでした。

そんな会話をしていたら、間が悪いことにアルディン様が来た。

「ロザリンド！　最近ツリーハウスを作ったと聞いたぞ！」

耳が早いな……でも我が家のアレは、はたしてツリーハウスなのだろうか。

「あー、まあ……らしきモノはあります」

「見てみたい！」

「んー」

私にメリットは無いが、ジェンドの友人としてアルディン様と仲良くなることは今後のジェンドにとって良いことだろう。

「いいですが、条件があります」

「なんだ？」

「護衛は少数精鋭。派手なのは却下。アルフィージ殿下は置いて来ること」

「……兄上か」

この条件は難しいだろうね。アルディン様に腹黒が出し抜けるわけがない。

「理由もあります。我が家で預かっている子供達は貴族の男性に酷《ひど》い目にあわされていますから、ジェンドの友人のアルディン様はともかく、アルフィージ様は難しい」

「……努力する」

「了解しました」

「で、そこのでかいモグラは？」

「私の新しい精霊さんです」

「……そうか。また変わった精霊だな。そういう精霊を集めているのか？」

「聖獣様にもよく言われますが、違います」

そんな会話をしてとりあえず帰宅しました。

帰宅すると、兄にびっくりされました。ですが、兄は土下座して驚かせてすみませんと謝罪を繰り返すハクに気にしないで、びっくりして悪かったと言ってくれました。兄は優しいのです。

私の精霊さん達ともご挨拶《あいさつ》。

「こうなると思ったよ。よろしくね」

「俺と名前、似ているな。俺は真珠かららしいけど。よろしくな！」

「仲良くしてね」

スイ、ハル、コウが次々挨拶するなか、アリサの様子がおかしいことに気がつきました。

「……まま、ハクはまだ呪われているよ。アリサがんばるから、なおしてあげたい」

アリサが言うならそうなのだろう。私は自室からマグチェリアを持ってきた。

「まま、魔力をマグチェリアに」

「了解」

ハクの解呪をする。ただそれだけを考えて魔力をひたすらマグチェリアに注ぐ。マグチェリアはハクを囲み、胸に触れた。

「ええ⁉　呪《のろ》いってまさかぁ⁉」

刻まれたナニカが、パリンと割れた気配がした。

「はふー、成功したよ、まま！」

ほめて、ほめて！　と抱き着くアリサをナデナデする。可愛《かわい》いなぁ。

「あ……」

ハクの姿が急に萎《しぼ》み、身長は百九十ぐらいと長身だが、ガリガリに痩《や》せた青年に変わった。ハクは胸元を何度もなぞった。

「奴隷《どれい》紋がぁ……消えたぁ」

クリスティアでは一応禁止されているが、他国では奴隷制度が存在する。奴隷は奴隷紋と言われる呪いの刻印を身体《からだ》に刻まれ、自殺することもできなくされる……らしい。賢者のじい様の受け売

りだから詳しくは知らない。

「ハクは奴隷だったの？」

「はいぃ、ウルファネアで奴隷をしてましたぁ。ボクは生まれた時からの奴隷ですぅ。両親は死んだのでぇ、なんで奴隷になったかはわかりません」

「そっか。奴隷紋がなくなったから、ハクは私の精霊さんで、友達ね。様は禁止！　ロザリンドって呼んで」

「えぇぇ⁉　むむむりですぅ！　ロザリンド様、えらいでしょぅ！」

「駄目。やだ。急には無理でも、がんばって」

「は、はいぃ……」

ハクはさらにご飯でもやらかしてくれた。

「なぜ床に座る」

「ボク、奴隷……」

「違います。ハクはうちの子です。元奴隷かもしれませんが、うちの子はテーブルでご飯を食べます。ご飯が足りなければ、おかわりがあります。言いなさい」

最終的にハクは私にうちの子として扱われることになりました。

「おいしいぃ、おいしいですぅ！」

ハクはその細い身体のどこに？　というぐらい食べた。ジェンドみたいに食べすぎで吐きそうなので私が見極めて止めた。

「ご飯は明日もあります。無理して食べないで」

「はいぃ……ありがとうございますぅ……」

「ちなみに、今まで何を食べていたの？」

「ご主人様が見てない隙に、適当な魔物を狩って食べていました」

「……うちでそんな扱いはしないから」

ゲータは普通だった。とりあえず焼いていたからね！　生肉はおいしくない！　私はハクを甘やかし、太らせることを決意した。

翌日、私は父の仕事の手伝いをお休みしました。やはり当面は城に来ない方がいいだろうとのことでした。仕方ないけど、ディルクに会いたい！　私の至福のモフモフ・ラブラブタイムがぁぁ！と思いつつ、仕事に行く父とアーク・ディルクと聖獣様、学校に行く兄のためにお弁当を作って渡しました。

特にすることもないので何気なく散歩をしていると、ユグドラシルにたどり着きました。誰かお昼寝……いや朝寝？　をユグドラシル一階のフカフカ草絨毯《じゅうたん》フロアでしていた。

ト〇ロだ。

リアルト〇ロである。ハクは何かに似ている気がしていた。茶色を灰色に変えたら、そっくり！

私は帰宅したら兄にユグドラシル周囲に垣根と垣根のトンネル通路を作ってもらおうと決意しました。

そんなアホな妄想をしていたら、いつの間にか背後にいたラビーシャちゃんに声をかけられた。

忍者スキルが上がっている……！　足音しなかったよ！

「ロザリンド様、来客です」

「誰《だれ》？」

「アルディン殿下とアルフィージ殿下です」

「あー、駄目だったか」

「何がですか？」

私はアルディン様との会話を話した。ラビーシャちゃんは首をかしげる。

「追い払いますか？」

「いやいや、大丈夫！　気持ちだけで充分だから！」

「私はロザリンド様を困らせるなら、たとえ王子様が相手でもがんばりますよ？」

「大丈夫だから！　ありがとうございます！　あ、お茶用意してくれる？　今日はミルクティーがいいな。ラビーシャちゃんのお茶、おいしいから」

「すぐにお持ちします」

ラビーシャちゃんは音もなく姿を消した。そして、息も乱さず応接室に完璧《かんぺき》な紅茶と茶菓子を用意して待っていた。忍者……。

専属メイドの着実な忍者スキルアップに内心かなり動揺しつつ、迷惑な来客に対応した。

「アルディン様」

「すいません、無理でした。ツリーハウスは諦《あきら》めるので、せめてジェンドと遊ばせてください」

いきなり妥協案ですか。多分無理だと思っていたから、別に気にしていませんよ。

「まぁ、私が無理を言ったからね。大目にみてあげて」

だろうな、この腹黒。こら、アルディン様、騙《だま》されるな。兄上は優しくないよ。元凶、君の兄上だからね？　優しかったら遠慮するからね？　このぐらいのフォローは当然だからね？

「ロザリンド嬢がとても気に入る土産《みやげ》を持参してきたよ」

「あら、何かしら？」

「入りなさい」

応接室に入ってきたのは……騎士の制服。

それも普段の略式ではなく正装に身を包んだマイダーリン、ディルク様‼

説明しよう！　通常任務では騎士は略式と言われる、ズボンと上着の指定はあるが、それ以外は基本的にみんな自由な恰好《かっこう》をしている。つまり、動きやすさ重視なのだ。逆に正装とはパレードや夜会警備などで着るモノ。かなりカッコイイ反面、やや動きにくいレア衣装である。

ちなみにディルクがこれを着ると……王子様である。私の王子様なのである！

「アルフィージ様、グッジョブ‼　ディルクがカッコ良すぎて辛《つら》い！　いや幸せ！　あ、後で抱きしめてください！　お願いします！」

「えええ？　な、何？　ロザリンドはどうしたの？」

「素敵なお土産ありがとうございます！　ツリーハウスでも何でも、お好きにどうぞ！」

「いや、狙《ねら》ったのは確かだけど……正直ここまでとは思わなかったよ」

「すごいです。兄上」

「あ、あははは」

珍しくアルフィージ様がドン引きしていました。いや、ここしばらくのディルク不足もあったからね、多分。ついでにカーティスも来ていました。少数精鋭だからまぁ、妥当な人選かな。

私はディルクと手を繋《つな》いでご機嫌です。

「一応注意しますが、この屋敷で見たモノは他言無用でよろしく」

「他言するネタがあるわけ？　まあいいけど」

「ありますね。着きましたよ」

「これ……は……」

「我が家自慢のツリーハウス（多分）です」

さっきまで寝ていたト◯ロ……じゃない、ハクはどこかに行ったようだ。

「これは綺麗《きれい》な木だな！　初めて見る。それに、木の中に部屋があるのか？　面白いな！」

アルディン様は無邪気に笑う。素直でよろしい。

「アルディン！」

三階からジェンドが降りてきました。

「ジェンド、飛び降りるのは駄目」

「ごめんなさーい。アルディンは遊びに来たの？」

「あ、ああ……喋《しゃべ》れるようになったのか。よかったな」

「あ、うん。お姉ちゃんが悪いヤツに刺されそうになっていたのを助けてから、喋れるようになったよ」

「「……」」

無言で私を見る王子様達。目を逸《そ》らす私。

「アルディン、遊ぼ！」

ジェンドはアルディン様の手を引いて走り出した。尻尾《しっぽ》をブンブン振ってご機嫌です。あ、トランポリンにびっくりしているわ。

「……ロザリンド嬢」

「はい」

「私の目が確かなら、あれはユグドラシルではないか？」

顔を引《ひ》き攣《つ》らせたアルフィージ様。正直に返答した。

「我が家自慢のユグドラシルさんです。お腹《なか》が空《す》くと実をつけて私の手に落としてくれる、優しい子です」

「ロザリンド、確か結構前に断っていたよね？　結局貰《もら》ったの？」

仕方がないので、私はディルクに説明することにした。

「……寝ぼけていて、スイに誘導されて成長させた結果が今。エルフの森の長様と、ユグドラシルの優しさの結晶かな」

「……大体わかった」

「今の説明でよくわかったな。愛の力？」

「な、ば！」

カーティスにからかわれて慌てるディルク。今日も私のディルクは可愛《かわい》いです。

「た、多分エルフの長とロザリンドは仲がすごくいいし、エルフの森のユグドラシルをロザリンドは助けたから、このユグドラシルは多分その分身的なモノなんじゃない？」

「ディルク、正解。さあ、アルフィージ様も、せっかくだから遊びましょうよ。眺めていても、仕方がないでしょう。私はドレスだから遠慮します。マリー、ネックス、オルド！　お客様だよ、遊んであげて！」

「はぁい」

「……（こくり）」

「行くぞー」

「わあああああ!?」

アルフィージ様がオルドにさらわれました。あ、二階でボヨンボヨンしまくるトランポリンに落とされた。

「わ、ちょ、ま」

「あはははははは」

「きゃはははははは」

テンションMAXなジェンドとアルディン様は、アルフィージ様に気がついていない。

「ふ、ふは、あはは」

アルフィージ様も開き直り遊ぶことにしたご様子。いやあ、遊びましたよ。力尽きるまで。

私がだるまさんが転んだやドロケイなんかの遊びを提案した結果、全部を制覇した子供達は一階スペースでお昼寝中。

「俺、先行くわ」

アルフィージ様を抱えて先に屋敷を出たカーティス。気を遣わせたか。

「またね」

「うん……」

ギュッと抱きしめられ、キスを交わす。寂しいなぁ。無意識に袖《そで》をつかんでしまう。

「いつか、またねじゃなく行ってらっしゃいって言われたいな」

「……行ってらっしゃい、私の愛《いと》しい旦那《だんな》様」

背伸びして、もう一度キスをした。

「あ、い、いってきましゅ」

噛《か》んだ。さすがディルク。外さない。

「ふは、あははは」

「うん、そうやって笑っていてね。俺の奥さん」

ディルクは優しく笑ってアルディン様を抱えて出ていった。

ちょっと、何、今の。

奥さんって、いつも否定していたよね？　しかもあの大人っぽくて優しい笑顔。あんなの、初めて見たよ。胸が苦しい。顔が熱い。

「やられた……」

ディルクに萌《も》えすぎて玄関に悶《もだ》え倒れる私の奇行が、あろうことか屋敷のみんなに生暖かい目で見られていたと気がつき、私が叫ぶまで後数秒。

仕方ないんだよ、ディルクが素敵すぎたんだもん！　し、仕方ないよ、す、好きなんだから！

ディルクが大好きなんだから‼　と私は心の中で言い訳しました。

◇◇◇

先日、ディルクに胸キュンしてから、私はディルクに会えていません。

ディルクが足りません。しかしお城に行けない……まだ文官さんがしつこいそうです。聖獣様は我が家へ遊びに来てくれます。だからモフモフは足りているのですが、ディルクが足りないのです。お手紙をお弁当につけて、毎日アークからディルクに渡すようお願いしています。それが唯一のやり取りです。忙しい中、それでもくれるお手紙なのです。わがままを言ってはいけません。学校に行けば、また会えなくなるのですから。

私は手紙を読みました。そこには、明日休みだからお出かけしないかというデートのお誘い！

ディルクに会える！　私は早速了承の手紙をラビーシャちゃんに届けてもらうのでした。

翌日。ラビーシャちゃんは忍者だけでなくメイドとしても素晴らしい進化を遂げていたことを体感しました。美少女ロザリンドがさらに可愛く……いや、綺麗になっています。大人っぽく見えるようにしたのでしょう、これならディルクの隣でも違和感はないはず！　髪も清楚《せいそ》で大人っぽい結い方です。服も落ち着いたワインカラーのワンピース。

「ラビーシャちゃん、ありがとう！　すごく素敵な仕上がりだよ！」

「ロザリンド様は元がいいですから。素敵ですわ」

「えへへ」

くるりと回るとスカートがふわりとした。久々に会えるから、確実に浮かれています。窓の外にディルクが居るのが見えました。玄関でそわそわ……気分はご主人を出待ちするわんこです。

「お嬢様」

う、マーサに苦笑された。本当ならお部屋待機でゆったり出てくるべきなのは理解しています。でもでも、早く会いたいの！　毎日会っていたのに、一週間以上手紙だけですよ？　仕方ないと思うのです。

ノックと共に玄関の扉が開きました。

「ロザリンド、こんにちは」

「あ、こんにちは……」

え？　あら？　私、ディルクに抱き着くつもりだったのに、ふんわり微笑《ほほえ》まれたら動けませんよ？

「あ、これよかったら……で、デートなら花は必要だって言われて」

花束はリッカの花と鈴蘭《すずらん》だ。きちんと私の好みを理解してくれている。ディルクは照れながら私に花束をくれた。ぎこちなく、私は花束を受け取る。

「ありがとう……」

いや、もっと派手に喜べよ、私！　嬉《うれ》しすぎてリアクションが取れない！　しかもこの花、指輪の花だよ！　ディルクからのラブコールですよ！

「気に入らない？」

反応が鈍い私にションボリとしたディルク。慌てて否定する私。

「違う！　嬉しすぎて、どうしたらいいかがわからない……すごく嬉しいの。ありがとう、ディルク。大事にする」

どうにか嬉しさを伝えようと顔を上げ、へにゃりと笑って見せた。

ん？　ディルクはなぜ顔を背けて口元をおさえてプルプルしているの？　マーサとラビーシャちゃんまでプルプルしている？　え？　私なんか変なこと言ったか？

「ロザリンドが可愛すぎる……」

「お嬢様……なんと可愛らしい……」

「お嬢様……可愛い……」

「ち、違う！　な、もおおお！　お花は飾っておいて！　ディルク、行くよ！」

何が違うかは不明だが、とにかく恥ずかしい私はディルクの手を取って自宅を後にした。

とりあえず、街に行くことにして数分。……気まずい。こんなに期間があいたことがないので話したいことはたくさんあるはずが、何を話したらいいか解らない。

「ロザリンド、今日は綺麗だね」

「へ？」

「あ、いや……いつも可愛いけど、今日はなんか綺麗だし大人っぽくて……ドキドキする」

「あ、ありがと……」

むしろドキドキしまくっているのは私ですよ！

それなりに期間があったはずなのに、前回のディルクの『奥さん』発言のダメージが抜けていないのですよ。

「ロザリンド……？」

ディルクが気遣うような声で……あわわわわ、やめて！　今、今覗《のぞ》き込まれたら……！

「あ……」

「え？　ロザリンド、顔が真《ま》っ赤《か》だけど具合悪い？」

「体調は大丈夫。わ、私もなんかドキドキしちゃって……あんまり見ないで……お願い」

私は恥ずかしさのあまりに涙目である。ディルクも真っ赤になって硬直した。

「か、可愛い……」

ちょ、ディルクさん見ないでって言ったのになんで私をガン見しますか!?　こぼれた私の涙を舐《な》めた!?　舐めましたよ!?

「あ……やめて……」

しかもまた……今回は私、何もしてないのにフェロモンが！　抵抗できない！　力が抜ける！　死ぬ！　心臓破裂して死ぬからぁぁ！

「うう……ディルクのいじめっ子」

あの後散々いじられた私はヘロヘロです。ディルクは逆に上機嫌。尻尾もゆらゆらとゆったり揺れて、ご機嫌であることを示しています。

「可愛いけど、何かあったの？　ロザリンド」

「私にもよく解りません」

上手《うま》く説明できる自信がない。私自身がこの感情を持て余しているし。きっかけは、ディルクの発言だろう。彼からの優しさと未来の肯定が、おかしくなるぐらい嬉しくて……駄目だ。それ考えたら叫ぶ。なんだか奇声を発してしまいそうだ。

思考を逸《そ》らすために繋《つな》いだ手を見る。手汗が気になってちょっと外そうとしたら、逆にギュッとされた。

「駄目。繋いでいたい」

「う……」

「嫌？」

困った表情は、いつの間にか大人びていた。まだ少年と青年の境だが……ディルクは確かに年上の男性になっていた。

「いや、じゃない。ディルク、ずるい」

「ん？」

首をかしげるディルクはいつもの可愛い彼だ。見慣れたしぐさにほっとする。

「その聞き方はずるい。私だってディルクと手を繋いでいたい。ディルクがカッコ良すぎてどうしたらいいかわからないから、ちょっと立て直したかっただけなの」

ディルクがしゃがみ込みました。何？　どうした？

「ロザリンドが可愛すぎて辛い……」

今日はやたらプルプルする日ですね？　私、なんか変なことを言った？　困ると言っただけだよ？

とりあえず、ディルクが落ち着くのを待ちました。


お気に入りの雑貨屋さんに到着。可愛い小物やアクセサリー。私はテンションが上がりますが、ディルクは居心地《いごこち》悪いだろう。買い物を手早く済ませようとしたら、顔見知りの店主のおじさんに声をかけられました。

「久しぶりだな、お嬢さん」

「はい」

「めかしこんで、彼氏とお出かけか？」

「……はい」

彼氏に見えるらしいですよ！　やりました！　ラビーシャちゃんありがとう！　私は内心ガッツ

ポーズです。照れながらニッコリ笑いました。

「兄ちゃん、せっかくのデートだ。可愛い彼女になんか贈り物でもして、甲斐性《かいしょう》あるとこを見せてやんな！」

「か、彼氏……！」

ディルクは尻尾《しっぽ》をピンとさせ、嬉しそうに笑いました。年齢差があるから、普段は魔法でごまかさないと恋人には見えないからね。おじさん、商売上手だね。

ディルクは髪留めをいくつか手に取り私にあてた。

「……あ、これが可愛い」

ディルクが選んだのは鈴蘭モチーフの可愛いヘアピン。今の髪型でも大丈夫でしょう。揺れる鈴蘭が上品でもあります。ディルクはさっさと会計を済ませると私につけてくれた。

「うん、可愛い」

満足そうな表情は、私のよく知る笑顔だった。

「ディルクはよく笑うようになったね」

彼は当初、戸惑っていることが多かった。うん、主に私のせいでね。こんな風に笑うようになったのは、いつからかな。

「……そうかな。そうだね。ロザリンドに出会ってから、色々あって……今は毎日楽しいからね」

前を見ながら、彼は口元を緩めた。毎日楽しいのはいいことだ。

ランチを済ませてから武器屋の方へ行くことにしたら、足首に痛みがあった。

身長差を補うためにヒールの高い靴を履いていたから、靴擦れを起こしたようだ。我慢して後で傷を治そうと思っていたら、いきなり抱っこされた。

「きゃあ!?」

「どこか痛めた？　血の匂《にお》いがする」

お、お姫様抱っこですよ！　人前ですよ!?　ディルクは心配そうに私を見ている。ぎゃぁぁ！　顔が近い！　恥ずか死ぬ!!　そんな場合ではないのは理解しているけど、動悸《どうき》息切れが……！

「く、靴擦れ……」

どうにかそう言うと、ディルクは公園のベンチに上着を敷いて私を座らせた。靴と靴下を脱がされる。ディルクが顔をしかめた。

「どうしてこんなになるまで我慢したの？」

うげ。靴も靴下も血まみれです。

「いや、武器屋さんに着いたら傷は治そうかと……」

「ロザリンドはいつもそう」

ディルクは私の膝《ひざ》に頭を落とした。彼が怒っているような気がしたが、顔を上げた彼は私を再び抱っこして靴屋に行った。

「彼女が靴擦れしてしまってね。彼女に合う靴を。靴下もありますか？」

「は、はい！　ただいま！」

靴屋のおじさんは慌てていくつか靴と靴下を持ってきた。ディルクは私を椅子に下ろす。気が利くおじさんは、濡《ぬ》らした手ぬぐいも持ってきてくれた。ディルクがそれを受け取る。

え？

「あ、あの、自分で……」

「俺がやる。じっとして。ダメなら血を舐めとるよ？」

「お願いします！」

ディルクの本気を感じ取り、私は足を差し出した。すでに傷は治してある。うう……くすぐったい。恥ずかしい！

丁寧に血を拭《ぬぐ》われ、靴下を履かされた。ディルクはいくつかの靴を私に履かせ、私が楽だなと思ったものを選んだ。いや、もうとんだ羞恥《しゅうち》プレイでした。スカートが捲《めく》れないよう、必死に押さえていましたよ。

選んだ靴はローヒールのパンプス風で、色合いも着ているワンピースにピッタリだった。ディルクはさっさと支払いを済ませると私の手を取り歩きだした。

「あの、お金……」

「これくらいは払わせて。彼氏なんだから。それに毎日お弁当作ってもらっているし」

ディルクが楽しそうだから、水を差すべきではないかなとありがたく受けとった。

私達は町外れの花畑に来ています。以前、ここでプロポーズされたんだよね。

「ロザリンドに話がある。周囲に目くらましと、防音結界をはってくれる？」

「うん」

特に疑問も持たず、素直に結界をはった。

ディルクは私にひざまずくと、私を抱きしめた。まるで、縋《すが》るような抱擁だった。

「全部話して」

「え？」

「ロザリンドはいつもそう。自分が我慢して、与えるだけ」

「いや、私はそんないい人では……」

「俺は返せないぐらいロザリンドにたくさんのものを貰《もら》っているよ。今の幸せは君のおかげ。君が俺のためにカーティスと組むように仕向けたり、騎士団に差し入れしているのも知っている。何か動いていることも。だから巻き込んで。隠さないで。何があっても俺は一生、君の味方でいるから」

「うん……」

私は凛《りん》の知識、ロザリアの予測、そして現状導き出されるものを彼に隠さず伝えた。そして、私の弱点は間違いなくディルク。だから、自衛のために渡すものは必ず受けとって欲しいとお願いした。

「わかった」

色々難しい話をして、ディルクは考えこんでいる。ここぞとばかりに観察する。睫毛《まつげ》長いな。

「ん？　わ！」

距離が近いからビックリした模様です。目が合うと、また動悸が……。

「な、何？」

「いや、ディルクを観察していた」

「なんで観察？　まぁいいけど」

「きゃあ⁉」

胡座《あぐら》をかいたディルクのお膝に座らされる。

「好きなだけどうぞ？」

無茶言うな！　近い近い近い‼　ほお擦りはやめてください！　恥ずか死ぬ！

「あ、あうう……」

「ロザリンド、いつも可愛《かわい》いけど今日は一段と可愛い……今日はどうしちゃったの？」

うっとりしたディルクを見て、私は覚悟を決めた。確かに普段なら私がベタベタしたがるものね。

彼を不安にさせたのは私だ。隠さないでとお願いされたのだから、ちゃんと答えるべきなんだ。

「この間、ディルクに笑ってててって言われたでしょ？　私が寂しがってるのに気がついてくれて嬉《うれ》しくて、奥さんって言われて……私はディルクと結婚するんだ、当然だよねって言われたみたいで胸がギュッてなった。最近会えなくて、寂しくて会いたくて……久しぶりに会ったら、ディルクが好きすぎて恥ずかしくて……上手《うま》くできなかった。今も恥ずかしい。ディルクがどうしようもないくらい……好きなの」

ディルクさんや、私ががんばったのになぜ固まる。わ、私ごと倒れた。

「あーもう反則！　どんだけ俺を好きにさせれば気が済むの！　普段意地悪で可愛いのが素直で可

愛くなったら破壊力がすごすぎる‼　俺の心臓がもちません‼」

試しに心音を聞く。ああ、同じぐらい速い。

「ふふ」

「俺も好きだよ、愛《いと》しい奥さん。俺、決めたから」

「ん？」

「ロザリンドは自分を大事にしないところがあるから、俺が甘やかす。もうデロデロに甘やかすから、覚悟していて？」

イタズラっぽくウインクをしたディルクは、可愛いのに男らしくて……ディルクは私を萌《も》え死なすつもりじゃないかと思いました。

◇◇◇

貴族といえば、夜会。まだデビュタント前なので、基本は出ません。今日はお茶会にディルクと出席です。お茶会は子供と貴婦人の社交の場。わりとお呼ばれしたりします。今回は我が家の庭での開催です。

今日は年相応の可愛い感じでまとめられています。私の希望で鈴蘭のヘアピン付きです。

「あ、それ……」

ディルクがそっと私に……というかヘアピンに触れました。

「よく似合っていますよ、奥さん」

耳元からのからかう声音に背筋が震えるが、私も負けませんよ！

「大好きな旦那《だんな》様のプレゼントですもの」

ど、どうだ！　嬉しいから使いたかったのは本当だもんね！

背後から女の子達のキャーという声が……何事？

「ロザリンド様、ディルク様からのプレゼントなのですか？」

「なんだか以前より親密ではありませんこと？」

「お話、聞きたいですぅ！」

招待されていた女の子達が口々に聞いてくる。その中で面白くなさそうな女の子が言った。

「よくそんな安っぽいモノを喜べますわね」

「はい。ディルク様が私に似合うと選んだ品ですから。私はどんな豪華な宝石より、これが嬉しいですわ。私にお店で色々とあてて選んでくださいましたの……それに、買った日にディルク様が私につけてくださいましたのよ」

「え、ちょっと……」

「それに、それに」

「あああああもう！　のろけるなら他の令嬢になさいませ！」

「えー、ミルフィリア嬢、かまってくださいませ」

嫌そうに私に文句を言う少女は、ミルフィリア＝ローレル。ローレル公爵家のご令嬢である。私に直接嫌みを言ってくるのだが、小細工をせずに堂々と言うのでとても気に入っている。

「なんで私が貴女にかまってやらなければなりませんの！」

「そんなの、私がミルフィリア嬢を気に入っているからですわ」

他の令嬢達も最初はこのやり取りに怯《おび》えていたが、最近ではまたかー的な感じである。

「はぁ……好きになさい。そのピンも確かに安っぽいですけど、よくお似合いですわ」

私に何を言っても無駄と悟り、最近は多分、仲がいい。多分。

「うふふ、ありがとうございます」

「ところでロザリンド様、先日ディルク様に靴屋で抱かれていらしたとか」

「えふ⁉」

抜かった。むせた。いや、まさか見られていた⁉ そういやあの店、貴族御用達《ごようたし》だったわ。

「あ、あれは私が靴擦れをしまして……お恥ずかしい話ですが背伸びしてヒールが高い靴を履いておりましたから……」

ミルフィリア嬢も含め、みんなが意外……という表情をしている。いや、私は結構抜けていますよ？

やはり履き慣れない靴は、可愛くとも実戦投入してはダメですよね。

「貴女もそういう失敗をなさるのね」

「年上の婚約者ですから、少しでも……こ、恋人に見えるようにしたかったのです」

他の令嬢達がきゃぁぁ！ と盛り上がる。え？ 今の盛り上がるとこ？ 若い子にはついていけないな（注・同い年です）。

「さらにさらに、ディルク様が怪我《けが》をした足を拭って、靴まで履かせてらしたと聞きましたわ！」

「きゃぁぁ！　ロザリンド様！　詳しく教えてくださいまし！」

さすがにあの羞恥プレイについてはちょっと……視線をさ迷わせ、ディルクと目が合う。

「うう……ディルク……」

涙目でヘルプを求めるとディルクは近づいてきて……抱っこされました。お姫様抱っこです。

「へ？」

「ごめんなさい、私の婚約者を少し借りて行きますね。少し気分が優れないようだ。ね、ロザリンド嬢？」

にこりとディルクは笑うと、さっさと私を抱きなおして屋敷に入った。背後から令嬢達の楽しげな叫び声が聞こえた。

た、助かった。ディルクに身体《からだ》を預ける。しばらくはお茶会に出ない！　と心に決めた。ディルクは私を自室に運んだ。下ろすつもりはないらしい。

「ロザリンド、ロザリンド」

ディルクはご機嫌なご様子。私にキスをいくつも落とす。

「お化粧がとれちゃうよ。どうしたの？」

「ん？　嬉しくて」

「……何が？」

「無意識かもしれないけど、ロザリンドが俺を頼って、助けを求めてくれたのが嬉しくて」

「そっか。助けてくれてありがとう、ディルク」

ちゅ、とキスをした。

「俺、少しはマシになれた？　ロザリンドに頼ってもらえるかな」

「私からしたら、ディルクは充分頼もしいけどね。暗殺未遂の件でも頼らせてもらったし」

「そうなの？」

「私が安心して頼れる、数少ない相手だよ」

「そっか」

首筋に顔を埋《うず》めるディルク。耳が扉に向いた。うん、嫌な予感。無言でそっと私をベッドに下ろすとディルクは素早く扉を開けた。

「「「きゃあぁ！」」」

予想通り、ご令嬢達が扉から倒れてきた。

「皆様、何をしておいでで？」

「あはは、ばれちゃいましたぁ」

「わ、私は止めようと……」

ミルフィリア嬢は往生際悪く言い訳をする。

「言い訳無用ですわ！」

全員捕獲して、くすぐりの刑に処しました。覗《のぞ》き、ダメ！　絶対‼

母と私の布教活動の成果か、獣人への差別意識が貴族女性・子供を中心に改善されたのはよかった。よかったけど、最近私の恋愛に興味津々なのはどうにかならないかな……と思う一日でした。

◇◇◇

ハクが来て、二週間が経《た》ちました。ハクはなんというか……相変わらずです。毛並みはよくなったかもしれません。普段はモグラスタイルなので、未《いま》だガリガリなのかはわからず。

働き者で、早朝からトムじいさんを手伝い、ご飯も忘れて働くので、子供達に連行されています。

「い、いただきますぅ」

ご飯をテーブルで食べるのは相変わらず緊張するらしいですが、吐くほど食べようとはしなくなりました。食後、ハクに声をかけられました。

「ロザリンド様ぁ」

「……」

「ろ、ロザリンド様ぁ」

「ロザリンド」

「ろ、ロザリンド……さん」

「ハク様って呼ぶ？」

「ロザリンドちゃん！」

「はい。で、なんか用かな？」

「お仕事がしたいんですぅ」

「毎日働いていると思うけど？」

「ボクは土の精霊ですぅ。たくさん畑を耕したりできますぅ」

「……なるほど。領地で必要がありそうならお願いします」

「はいぃ！」

「うん。ハク、しゃがんで」

「はいぃ？」

素直にしゃがむハクをナデナデした。相変わらず固めの毛並みだなぁ。

「いつもがんばってくれて、ありがとう」

私が笑いかけるとハクは泣き出した。いや、むしろ号泣した。

「うぇ⁉」

「うわぁぁぁぁん！　嬉しいよぉぉ！　うわぁぁぁぁぁん！」

「あ、あわわわわわ」

嬉しい反応なの⁉　何が嬉しいの⁉

結局、ハクの中では奴隷《どれい》＝家畜と同じで働いて当然。働かなければ死ぬという図式があり、ほめられることが初めてだったらしい。それを聞いて、兄と甘やかそう同盟を設立しました。

おやつを持ってハクを捜すと、ユグドラシルさんの一階で子供達＋精霊さん達とお昼寝をしていました。うーむ、リアルト◯ロ。ハクのお腹《なか》に寝転びました。うむ、素晴らしいモフ心地。

「はうぅ⁉　ロザリンドさん、どうしたんですか⁉」

「気にしないで。私も昼寝する」

「いやいやぁ、ロザリンドさんつがいがいますよねぇ、ボクの匂《にお》いがついたら、多分怒りますよぉ！」

「大丈夫……多分」

私はそのまま眠りました。

「ん……」

目が覚めると、私の隣にはジェンドとオルド、ポッチとマリーがいて、羨《うらや》ましそうに見ています。

「ぼくもお姉ちゃんとお昼寝したい……」

「お姉ちゃん……私も」

さすがに五人は無理ではないか。ハクから下りておやつでごまかしました。結局ポッチとマリーはごまかされず、翌日一緒にお昼寝しました。

私はハクに心配されました。

「ロザリンドさんの匂いが大変なことにぃ……」

「お風呂《ふろ》に入っているし、大丈夫では？」

「いえぇ、獣人はわかりますよぅ！」

「えー？」

そんな会話をしていたらアルディン様が遊びに来ました。前回の件で味をしめたらしく、素敵なお土産（ディルク）付きです。カーティスも居ます。

「ディルク、お疲れ様」

「……ロザリンド？」

「ふにゃ⁉」

ディルクは険しい顔で匂いを嗅《か》ぎます。いや、首くすぐったい！

「……ちょっと来て。カーティス、すまないが少し抜ける」

ベッドに押し倒され、匂いを嗅がれる。念入りに匂いをチェックされた。

「あ、あう」

私は羞恥《しゅうち》で涙目である。恋人にあからさまに匂いを嗅がれるとか……軽い気持ちで大きなモフモフと昼寝をしたら、まさかの仕打ち。

「なんで、他の男の匂いがこんなにするの」

ディルクは真剣に怒っていた。獣人にとって、他の男性の匂いがする＝浮気なのかもしれない。

私が説明すると、ディルクは脱力した。

「ロザリンドはもう少し考えて行動して。ハクにも言われていたのにちゃんと聞かなかったロザリンドが悪い」

怒ったディルクに舐《な》められました。……ええ、隅々まで舐められました。どこをとは聞かないでください。黙秘します。匂いを上書きするために、時間がないから舐めたそうです。それはもう大変な羞恥プレイでした。

私はもう二度とハクのお腹で昼寝をしないと心に誓いました。

◇◇◇

私が庭で読書をしていると、ルーミアさんが巻き貝的な魔具を渡してきました。

「レオニードから聞いたわ。ロザリンドちゃんは私の夫を捜しているのよね？」

「はい」

「それを使ってちょうだい。何かあったら使うようにと夫がくれたモノなの」

「いいのですか？」

「いいの。結局使えなかったから」

「ありがとうございます」

ルーミアさんがくれた巻き貝的な魔具は、使い捨てのアイテム。任意の相手を強制的に召喚するアイテムである。名前は【召喚の巻き貝】。まんまだが、レアアイテムだ。なんとなく運営のやる気のなさがうかがえる。

さてさて、ジェンド父召喚の前にやることが山盛りテンコ盛りですよ！　私は素早く手配しました。

私が手配を全《すべ》て完了したのは翌日。

「準備はいい？」

「大丈夫」

「ＯＫ」

「……本当にやるのか？」

ちなみに、ディルク、カーティス、自由な風のビネさんの発言。

「殺《や》ります」

「まてまてまて！　明らかに字がおかしい気配がした！」

勘のいいミルラさん。私はにっこり微笑《ほほえ》んだ。

「私を怒らせたから、間違っていません」

「お、おう。しかし英雄は何をやらかしたんだ……」

「本人に怒りごと理由を叩《たた》きつけるつもりです」

「……承知した。いつでもいい」

ビネさんが諦《あきら》めたのかそう言った。

ジェンドの父は本名をジェラルディン＝ウルファネアという。彼は唯一のＳＳＳランク保持者であり、魔物の大発生があった際に国を問わず魔物を殲滅《せんめつ》し多くの国を救った英雄と言われている。

「いきますよー」

召喚の巻き貝を発動させる。ちなみに配置だが、
正面↓私、右↓ディルク、左↓カーティス、後ろ↓自由な風となっている。

光がおさまると、美しい銀髪と立派な尻尾《しっぽ》を持ち、素晴らしい筋肉をしたおじ様が現れた。

「総員、かかれ！」

「ぬ！」

奇襲をかけたが簡単に弾《はじ》かれた。さすが、英雄！　一撃受けただけで両手が痺《しび》れている。

「ご挨拶《あいさつ》だな。ルーミアはどうした」

油断なく警戒する英雄。ディルクとカーティス、さらにビネさんまであしらうとは、さすがの一言だ。

私が魔法を発動する。英雄は何かを察知し、多分この中では弱いビネさんの方へ回避し……私の罠《わな》にかかった。

「ぬあっ⁉」

ちなみに英雄……ジェラルディンさんは超直感持ちだ。今回その弱点をつかせてもらった。超直感の弱点は、天啓保持者の癖にある。無意識に超直感に頼りがちなため、最善を選択してしまうのだ。

今回の場合、私は魔法を同時展開した。背後のみ落とし穴だけで、他はかなりえぐい罠を用意。彼は必ず一番ダメージが少ない背後に動く。そこさえ理解していれば捕捉はたやすい。あらかじめ用意していた麻痺《まひ》アイテムで麻痺させた。異常無効系装備あるかなーと思って警戒したが無いようだ。麻痺させて武器をとりあげ、縄抜けできない縛り方で縛り上げた。親指の付け根と手首を縛るのです。親指の付け根で縛ると抜けられないんですよ。

「変わったやり方だね」

「こうすると抜けないんですよ」

「ぐっ、貴様ら何者だ！　ルーミアはどうした⁉」

とりあえず、胸倉をつかんで一撃、お見舞いした。私自身、かなり鍛えているだけあってジェラルディンさんも痛そうですな。平然と、倒れたジェラルディンを足蹴《あしげ》にする。

私はルーミアさんが今までどれっだけ苦労してきたか。ジェンドがどれっっだけ酷《ひど》い目にあわされたかを詳細に語った。

青ざめるジェラルディンさん。

「申し遅れましたわ。私はロザリンド＝ローゼンベルクと申します。はじめまして、義叔父《おじ》様。二人が苦労しまくったのは、貴方《あなた》が帰らないせいも多々あったと思うのですが……いかがでしょう？」

ジェラルディンさんは青ざめて固まっていた。

「元貴族のお嬢様が一人、よく生きていたと思います。仕送りすらなく、死ねと言っているようなものだと思いませんか？」

「な、何かあった時のためにアイテムを……」

「彼女は使わずがんばってしまう女性だから、今まで使用されなかったのです」

「……ルーミアとジェンドは……」

「お姉ちゃん、遊ぼ……おじさん、誰《だれ》？」

おうふ、ジェンドが来てしまいました。

「……ジェンド？」

「僕を知っているの？」

「……ジェンドとお母さんに無駄に苦労をさせた、ジェンドの馬鹿親父《おやじ》です」

「悪意しか感じねぇ紹介だな！」

カーティスが的確なツッコミをする。

「お父さん？　なんでお父さんはお姉ちゃんに踏まれているの？」

「それはね。お父さんがいればジェンドは酷い目にあわなかった。だからお仕置きしているの」

「でもぼく、悪いおじさんが捨てなかったら、お姉ちゃんに会えなかったかもしれない。僕、お姉ちゃんといるのがいい」

「ジェンド……」

ジェンドの言葉に感動した私にＫＹＫ（空気読めるけど気にしない）なカーティスが呟《つぶや》いた。

「……シーンは感動的なのに、足蹴にした親父が全てを台なしにしているな」

「ああ……うん」

ジェラルディンさんの敵意は消え失《う》せており、気を抜いている様子のカーティスとディルクを横目で睨《にら》みつつ、私は本題に入った。

「貴方には私の部下として働いていただきます」

「は？」

「逆らえば、どうなると思います？」

「妻と息子を人質にするつもりか⁉」

ジェラルディンさんの殺気が膨れ上がる。さすがは英雄。殺気だけなのに肌が痛い。

「お姉ちゃん、悪者ぶるのはやめなよ。えっと、お父さん？　お姉ちゃんは優しいよ。僕らに酷いことをしたやつをやっつけてくれたよ。お母さんが、お父さんはがんばっているから帰らないんだって言っていたよ。だから、きちんとお姉ちゃんとお話しして。お父さんが帰れなかった理由と、お姉ちゃんがお父さんにさせたいことは同じだと思うよ？」

さすが、超直感。あっという間に私とジェラルディンさんを鎮静化させてしまった。

「……この場で話すことではありませんわね。場所を変えましょう」

ちなみにここは我が家の庭である。魔術訓練なんかをする広場なので、広さがあり、何もない。

私はユグドラシルさんの所に転移した。

「ジェンド、みんなにしばらくここに入れないことを伝えて」

「いいけど、僕がいないとお姉ちゃんとお父さんはまたケンカをするよね？　僕がいたほうがいいんじゃない？」

ジェンドは拙い喋《しゃべ》りとは反対に聡《さと》い。仕方ない。

「カーティス、子供達に伝言しといて」

「えー、俺は？」

「後で教えるわ。どうせ半分ぐらいしか聞かないくせに。伝えたらお菓子でも食べて待ってなさい」

「ん、了解」

カーティスの姿が見えなくなるのを見届け、私はユグドラシルさんに呼びかけた。

「ユグドラシルさん、この周囲に封鎖と防音結界をお願いします」

ユグドラシルは私の声に呼応して柔らかい光を降らせる。

「……あの、見たことある木な気がするんだけど」

シュガーさんが呆然《ぼうぜん》とユグドラシルさんを見上げる。

「長様がくれました」

シュガーさんは納得したご様子です。私はジェラルディンさんに向き合います。

「ジェラルディンさん。貴方はクリスティアとウルファネアの戦争を止めようとしていますね」

「なぜ」

「貴方の身内が仕組んでいる。それを止めたいから」

「……お前は何者だ」

「私は公爵令嬢、ロザリンド＝ローゼンベルクです。未来予測の天啓がありますの」

「未来予測……珍しい天啓だな。それを信じろ、と？」

「貴方はこのままならば死ぬでしょう。私が介入しなかったら、貴方の家族がどうなったか教えましょうか？　ルーミアさんは働きすぎて病死。ジェンドは娼館に引き取られ、我が家の養子になるけれど私に父の浮気相手の子供と勘違いされたあげくいじめられ、最後に私を殺すのです」

「……は？」

「ぼ、僕はお姉ちゃんを殺したりしないよ！」

「あくまでも、私が何もしなかったら、ですよ。今のジェンドは私を殺さない。私もジェンドをいじめたりしない。ジェラルディンさん、貴方は強い。でも超直感は万能ではない。今の貴方のように、罠にかかれば死ぬ可能性はある」

ジェンドは納得したのか、話を聞く姿勢になった。ジェラルディンさんは私を見定めるかのように見つめる。

「……お前の望みは」

「戦争を起こさせないこと」

「俺があんたの言うことを聞くと？」

「対価として、貴方の家族の生活は私が責任を持ちましょう。ジェンドの学費等も、私が負担する予定ですし」

「は？」

「私は冒険者としてかなり稼いでいますから、ジェンドとルーミアさんぐらいなら余裕で養えます」

「なぜ赤の他人のあんたが」

「先程の自己紹介、聞いていなかったんですか？　私はルーミアさんの姪《めい》でジェンドの従姉《いとこ》ですが」

「……ローゼンベルク!?　貴様、ルーミアを政略の道具に……」

「するか、阿呆《あほう》!!」

思わず戦乙女の指輪をハリセンにしてフルスイングしてしまった。小気味よい音と共に、戦乙女のハリセンはさすがの威力でジェラルディンさんを吹っ飛ばした。

「あ」

やらかしたと固まる私。ジェンドは気にせずジェラルディンさんに近寄った。

「今のはお父さんが悪いよ。ローゼンベルクには戻らないってお母さんが言ったから、お姉ちゃんはお仕事とお給料をくれているんだよ？　お姉ちゃんは恩人だってお母さん言っていたよ。お姉ちゃんが怒るのもしかたないよ。お母さんも今のを聞いたら、多分怒るよ？　お母さんはお父さんを信じているのに、お父さんは信じていないの？」

「い、いやあの……すいません、やりすぎました」

ズタボロなあげく息子にダメ出しされて尻尾も耳もシュンとしたジェラルディンさんに謝罪する。

「お姉ちゃんも！　僕らが大変だったことを怒ってくれるのは嬉《うれ》しいけど、僕らはお父さんに怒っていないよ。でも、そうだな。お父さん、お姉ちゃんを助けてあげて。お願い」

「ジェンド……」

「お姉ちゃんは命の恩人なんだよ」

それからジェンドは私について語った。私が優しかったことや、ジェンドから見た私について。

解釈が善意的すぎるため訂正しようとしたら、ディルクに止められた。

「ジェンドはお父さんを説得しようとしているんだよ。ジェンドに任せよう。それにロザリンドはやたら悪ぶるところがあるけど、大体間違ってないと思うよ？」

途中からあまりにも恥ずかしいので聞かないことにした。

「お姉ちゃん、お父さんがお話ししたいって」

この短時間で何があったのか。ジェラルディンさんは泣いていました。

「息子を……妻を助けてくれてあじがどう」

涙と鼻水まみれの義叔父《おじ》様に言われました。ジェンドさんや、ナニを話したらこうなるんだい？

「俺は聞いていたけど、大体事実だったよ。むしろかなりジェンドが元公爵のことを把握していたのに驚いた」

ディルクが言うならそうなのだろう。

「僕、嘘《うそ》ついてないよ。お姉ちゃんが大好きだもん。僕はお姉ちゃんの味方だよ」

「ジェンド……！」

可愛《かわい》い従弟《いとこ》をギュウウッと抱きしめる。ジェンドの毛並みは毎日のブラッシングと栄養状態の改善によりふわっふわのもっふもふである。スリスリすると嬉しそうに目を細める。可愛いなぁ……。

「……縄を解《ほど》いてくれないか、ロザリンド嬢。逃げないし危害も加えない。約束しよう」

「かまいませんよ」

パチンと指を鳴らし、縄を魔法で切る。ついでに麻痺も治した。

ジェンドを抱っこした私の側《そば》に来ると、騎士の礼をとった。ひざまずくこの礼の意味は忠誠。

「汝《なんじ》を我が主《あるじ》としたい。ロザリンド嬢、どうか許しを」

「……はい？」

なんでそうなった？　ジェンドは本当に何を話したの？

「貴女の望みは俺を部下とすることだっただろう？　何が不満だ？」

「いや、これ一時的な契約じゃなくて、主従契約ですよね」

「そうだな」

「うん。一時的にするつもりは……」

「ないな。俺はあんたを主と定めた」

涙目でディルクにヘルプを求める。ディルクは苦笑した。

「銀狼《ぎんろう》は上下関係がしっかりしているから、拒否しても無駄だと思うよ」

「諦《あきら》めろ。俺は認めるまで諦めない。しつこいぞ」

いばって言うことか！　私に選択肢はないようです。

「許す」

「主、よろしくな！　で、俺はなにをしたらいい？」

私は鞄《かばん》からアイテムを取り出した。シュガーさんはそれが何かに気がついたらしい。

「そ、それ……」

エルフの長様手作りの全異常無効アクセサリーである。それも六人分。

「これを貴方に。これは毒・麻痺《まひ》・混乱・呪《のろ》いなど、異常を全《すべ》て無効化する魔具です。肌身離さず身につけなさい」

「承知した」

「自由な風さん達にもどうぞ」

「はぁ⁉　う、受け取ったらダメよ！　あんなの一生かかっても手に入らないぐらい高価なのよ！」

正しく価値を理解しているシュガーさんは拒否の姿勢である。

「残念ですが、貴方がたに選択肢はありません。自由な風に無期限特殊任務を指名依頼します。戦争が起きる可能性の話を聞いて、無関係に帰れるとお思いですか？」

「は？」

「へ？」

「だよなぁ」

「はめられたか……」

キョトンとするミルラさんとシュガーさん。なんとなく野生の勘で理解していたらしいソールさん。苦虫《にがむし》を噛《か》み潰《つぶ》したような表情のビネさん。

「申し訳ありません。報酬は国からむしり取……出していただけるよう尽力します。無理でしたら、私がお支払いします」

「今むしり取るって言おうとしたよな」

「恐ろしいお嬢さんだ」

「聞こえていますよー」

悪口は本人が居ないところでしてください。私に懐いているユグドラシルさんが……ユグドラシルさん、いいぞ、もっとやれ……ではなく。

「ユグドラシルさん、そのぐらいで」

ユグドラシルさんによって逆さ吊《づ》りにされたソールさんとミルラさんが解放されました。

「依頼内容は？」

「ウルファネアの工作員の妨害と破壊工作の対応が主です。ジェラルディンさんとパーティーを組んでの対応になります」

「ふむ。なぜ我々なのだ？」

「私も多数高ランクパーティーを見てきましたが、自由な風は獣人に偏見がなく総合的に優れています。そしてなにより、信頼がおけるからというのが理由です」

「どうする、リーダー」

ビネさんはにやりと笑って、ソールさんに聞いた。

「ここまで言われたら仕方ねぇよな。Sランクパーティー、自由な風！　その依頼、受けた！」

「ありがとうございます。ジェラルディンさんもいいですよね」

「問題ない」

こうして私は未来を変えるためのさらなる一歩を踏み出したのでした。

◇◇◇

依頼について具体的にお話しすることにしました。互いの情報交換も兼ねています。できたらジェンドは居ないほうがいいと思うのですが……。

「お姉ちゃん、僕には聞くケンリがあると思うんだ」

ジェンドの意志は固い模様。仕方ありませんね。

「報酬は当面、私がお支払いします」

「待って！　この耳飾りだけで一生遊んで暮らせるのよ⁉　受け取れないわ！」

価値が解っているシュガーさん。もらいすぎは良くない！　と首を振っています。

「それは備品ですから、売られては困りますね」

「売らないし、売れないわよ！」

「価値があろうと換金できなきゃ意味ないですよね。では、報酬ではなくレンタルにしますか？

報酬は別支払いで」

「レンタルでお願いします。こんな物受け取れない！　しかも全員分なんて！」

「……」※誕生日プレゼントでこんな物を受け取った。

「あ、ディルクも肌身離さず身につけておいてね」

「解った」

ディルクはあっさり受け取った。驚愕《きようがく》するシュガーさん。

「ディルク！　今までの会話を聞いていたの⁉」

「聞いていたけど、身を守るためのモノは受け取るようにロザリンドから言われているから」

ディルクは耳飾りをつけた。ディルクの分は私とお揃《そろ》いで、自由な風とジェラルディンさんの耳飾りとはちょっとデザインが違うのです。ちょっとした乙女心ですね。

「……お揃いか」

ビネさんは気がついたらしい。笑いかけて次の話題に移る。

「では、レンタルで装備もお出しします」

私は鞄から大量の装備品を出して並べた。

「まず、武器ですが冒険者殺しの骨から作られた弓、クリスタルドラゴンの牙《きば》から作成した剣や槍《やり》各種、他素材も多数ありますので、好みの物をどうぞ。防具は冒険者殺しの皮から作成したマントやクリスタルの鱗《うろこ》で作成された鎧《よろい》もあります。フリーサイズだから、誰《だれ》でも使用できるはずです。こちらも使いやすいものを好きにお選びください。魔法剣なんかは希望があれば私も紋を刻めますので申し出てください」

自由な風がポカーンとしている。ジェラルディンさんはマイペースに武器をチェックし、大剣を手に取った。

「いい武器だな」

「お目が高いです。それは私が作成した魔法剣ですよ。普段は指輪になるので持ち運びも楽。ちなみに材質はオリハルコンですから、魔法も切れますよ」

「……待ってくれ」

ビネさんは頭が痛いと言わんばかりだ。

「姫さんはこれを全部レンタルする気か？　正気か？　俺達が持ち逃げしたらどうするつもりだ？」

価値が解る男・ビネさんが自由な風を代表して私に話しかける。他メンバーも頷《うなず》いているから、自由な風の総意ってことかな？　私は首をかしげた。

「持ち逃げするのですか?」

「しないが、こんな高価な品を持てば、魔がさすこともあるかもしれん」

「私は最初に言ったはずです。信頼ができると。ビネさんは信頼した相手が持ち逃げするのを心配しますか?」

「……しない。すまないみんな。勝てる気がしない」

ビネさんは諦めたらしく、さっさと装備を探し始めた。

「信頼されてんじゃあ、しょうがねえよな」

ソールさんも装備を探し始める。

「人を見る目には自信ありますから。何より、マーサとアークにも認められた人材ですからね」

「そこまで言われちゃね……」

「仕方ない」

シュガーさんとミルラさんも諦めたらしい。価値が解るシュガーさんがたまに奇声を発するのが気になるが……まあ気にしない。

「ディルクの武器はこれ。防具はこれね」

私はディルクに指輪とクリスタルドラゴン装備を渡した。

「指輪?」

「賢者のじい様に教わって私が作りました。ディルクは魔力が少ないから、変形は槍と双剣だけ。オリハルコン製です」

ディルクは試しに槍へと変えて、振ってみた。

「使いやすい」

「愛が篭《こも》っていますし、ディルクが普段使っている武器を参考にしたり、ディルク御用達の武器屋の店主さんに土下座して作成のコツを聞いたり……」

「何しているの⁉　こないだ武器のメンテナンスに行ったら、なぜか武器屋の店主に愛されてんなって言われたけど……それが理由⁉」

「あー、うん。多分」

「この武器はありがたく貰《もら》います。大事に使うよ」

「うん。武器は使ってこそだから。役に立てば私も嬉《うれ》しい。防具だけど、マントは冒険者殺しの皮なんで物理・魔法ダメージ軽減効果があります。クリスタルドラゴンの軽鎧《けいよろい》も同様です」

「やたらクリスタルドラゴン装備があるのはなんで？」

「耳飾りの素材取りに行ったのよ。クリスタルドラゴンの里に」

「……は？」

「森の賢者の耳飾り、クリスタルドラゴンの素材が足りなかったの。じゃあ私が取ってきますってことになりまして。クリスタルドラゴンがたくさんいる所をうちのコウに教えてもらったので、行ったら本当にたくさんいました」

「だ、大丈夫だったの？」

「平和的に話し合いで解決しました。おやつや果物と引き換えに分けていただきましたよ。ドラゴンは甘味や果物が好きですから。彼らからしたら抜けた牙や角や皮（鱗）は不要だそうで、大量に在庫があります」

「姫さん、普通ドラゴンと話し合いはできない」

「私の場合コウが居ますからね。手土産持参で行けばドラゴンといえども無下にはされませんし、ドラゴンは寿命が長い分暇らしくて、普通にお茶して帰りましたよ？」

「規格外な上に非常識か」

「……別に平和に話し合いで解決できるなら、いいじゃないですか。エルフの長様にも似たような反応をされましたが」

傷のない素材（クリスタルドラゴンの角）を見て、聞かれたので素直に答えたら遠い目をされましたよ。ロザリンドちゃんは怖いもの知らずじゃのぉ……と呟《つぶや》いたお祖父様《じい》……元気かしら。

ぼんやりしていると、マイペースなジェラルディンさんに聞かれました。

「主、ドラゴンの鱗より動きやすい素材の防具はあるか？」

「これはどうです？　冒険者殺しの外皮をなめした鎧です」

「……ふむ。これにしよう」

お気に召したようですな。ジェンドが私の裾《すそ》を引いた。

「僕も欲しい。だめ？　お姉ちゃん」

「装備自体はあげてもいいけど、ジェンドはまだ十二才になっていないからジェラルディンさん達との参加は無理。足手まといです。ジェンドは今、たくさん学んで力を蓄えなさい。自分で自分の願いを叶《かな》えられるように、強くなって。いつか大事な物を守れるようになりなさい」

「うん。お姉ちゃんみたいに強くなる！」

「お姉ちゃんはわりと弱点が多いし、強いかなぁ……」

「弱点？」

「兄様とか……頭脳戦ではアルフィージ様に勝てる気がしないし、物理のみだとディルクに負け越しているし」

「てきざいてきしょだからいいんじゃない？　お姉ちゃんの強みは、味方が多いことだよ。僕もお姉ちゃんを助けるからね」

ジェンドは本当に賢いお子さんです。今からこれだと、大人になったらどうなるのかしら。

私がジェンドと話している間にジェラルディンさんが鞄《かばん》から何かを取り出した。この気配……！

「あ、アリサ！　アリサぁぁ‼」

濃厚な呪《のろ》いの気配にアリサを呼ぶ。アリサはすぐに浄化して呪いを弱体化させた。

「はぁ……まま、こんなにどうしたの？　だれか呪《のろ》うの？」

「呪いません！」

アリサは私をなんだと思っているのか。しかし、山ほどあるな。

「ジェラルディンさん、これは……」

「ジェラルディンかジェディでいい。今まで解決してきたモノだな。放置したらまた問題を起こしそうな気がしたので持ち歩いていた」

「……よくこんなモン持っていて大丈夫でしたね」

普通呪いに取り込まれますよ？

「銀狼族は呪いがほぼ効かない体質だからかもしれん」

「なるほど。傾向と対策のために、どこでいつ何の事件を解決したか教えてもらえますか？」

ジェラルディンさん、まさか……」

「ジェラルディンさんは目を逸《そ》らした。

「……覚えてない」

「この脳筋がぁぁ！　品物はあるんだから思いだせぇぇ‼」

結局、一時間かけてなんとか半分以上は思い出させました。

◇◇◇

多数の書き込みがされた地図を見て、ため息しか出ない。

「見事にクリスティア全域だな……」

ミルラさんが頭を抱える。

「しかも、被害状況から見るに複数の犯行ですね。しかし、よくもまあ、一人でこれだけ解決したものです」

「うむ。がんばったからな」

「今後はかなり負担軽減できると思いますよ。騎士団にも超直感持ちが居ます。協力要請もしてありますし、家族との時間も取れるでしょう。きちんと埋め合わせをしてあげてくださいね」

「……主」

ジェラルディンさんは涙もろいのか、ウルウルしている。

「ところで、次はどちらに行くつもりだったのですか?」

「ああ、ルスラ湿原で一億万バッファローが異常発生と巨大化したという知らせがあってな」

一億万バッファローとは、Sランク指定の魔物である。ゲーム内でボスクラスモンスターでしたね……即座に戦乙女のハリセンでジェラルディンさんをしばき倒し、素早く鞄から薬各種を大量に取り出した。

「回復薬代は私持ちです! 人命優先! 惜しまず使ってください! 魔力回復薬もあります。念のため異常回復薬も渡しますが、耳飾りがあるので他者の救助用だと思っておいてくださいね! 各自の準備が出来次第、転移します! ジェンド、カーティスを呼んできて!」

「うん!」

全員さすがである。瞬く間に準備を終え、状況についていけないカーティスに適当な装備と回復薬と鞄を渡し、転移した。


転移先は大変なことになっていました。一億万バッファローは基本牛型モンスターなのですが、あれは完全にミノタウロスだと思います。数が多いです。五十体はいるかしら。

ルスラ湿原は蓮《はす》もどきが多数咲く綺麗《きれい》な場所だったのに、ミノタウロスもどきに食い散らかされています。

「綺麗な蓮をめちゃくちゃにするなんて！　牛め！　全部すき焼きにしてやる！」

「え？　食べる気？」

いや、食べ……るつもりはありません。勢いですよ。私はハクを呼び出した。

「ハク！　湿原の地面を泥にしちゃえ！」

「はぁいぃ」

阿鼻叫喚《あびきようかん》とは正にこのこと。ミノタウロスもどきは泥に沈みました。

「……あや？」

浮いてきません。いや、泥だから浮かない？　一匹……また一匹と動かなくなりました。

「……残酷だな」

沈痛な面持ちのビネさん。みんなして頷かないで！　予想以上の範囲と効果だったのです！　私の予定では足を止めて転ばせるぐらいにするつもりだったの！

「わざとじゃないから！　ハク、魔法解除！」

「はぁいぃ」

実は相当強い精霊さんだったのだろうか。ハクの魔法で半分は倒しましたよ。

「総員、戦闘開始！」

「おお！」

いや、みんな強かった。特に英雄様はさすがです。今回は呪いではなく強化版魔物の大放出だったようです。呪いはなし。あっという間にミノタウロスもどきは掃討されました。騎士＋上級冒険者達の手際は素晴らしく、瞬く間に解体されておいしそうな牛（？）肉になりました。

ただ、付近に一方通行の転移魔法陣がありました。逆探知したら、やはりウルファネア付近からのようですね。きっちり使えないようにしておきました。さらに蓮もどきはスイに頼んで湿原は綺麗に元通りです。

「今夜は何にしますかね。牛（？）づくしですね。皆さん、せっかくですから親睦《しんぼく》会も兼ねて夕食は食事会にしますか」

「俺、肉じゃがが食いたい！」

ちゃっかりとリクエストするカーティス。お前はまったく関係ないだろう。まぁ、手伝い賃だと思えばいいか。

「承りました。ディルクは？」

「……やっぱり食べるんだね。俺はロザリンドのご飯ならなんでも……肉巻きおにぎりが好きかなぁ」

「愛情をウザいぐらいにこめて作らせていただきます」

気合いを入れる私に意外そうなビネさん。

「……姫さんが作るのか？」

「私は愛する旦那《だんな》様に喜んでいただくために、日夜料理修業に励んでおります。最近ダンにたまーに厨房《ちゅうぼう》を任されるようになりました。こっそり夕食を作って気がつかない家族にガッツポーズをしています」

「本当に何しているの⁉」

「料理」

「それは解る！　またルーベルトに文句言われるよ⁉」

「こないだすでに叱《しか》られました」

「やっぱり！」

「お前ら本当に面白いな」

ヒーヒー笑うカーティス。笑いの沸点が低すぎないかい？

「姫さんが変わっているのはよくわかった」

「めし、めしー」

「本当にいいの？」

「はい。皆様は当面我が家を本拠地にしていただく予定なので。夕飯でまたお話ししますね」

「わかった。俺はステーキが食いたい」

私の言葉に固まる自由な風とは反対に、マイペースにお返事するジェラルディンさんでした。ステーキはダンの方が上手に焼けるんですよね。頼んでおこう。

こうして、私達は我が家に帰還したのでした。

◇◇◇

大量の牛さんぽい肉をゲットした私達。

ダンは腕のふるいがいがあると大喜び。念のためアリサに毒の有無を確認したが大丈夫でした。

というわけで今夜は牛っぽい肉祭です！　肉汁したたらせますよ！

我が家の食卓には通常メンバー＋ディルク・ジェラルディンさん・自由な風・カーティスが勢揃《せいぞろ》い。夕飯はダンと協力してがんばりましたよ！

家族に自由な風とジェラルディンさんを紹介しました。自由な風の皆さんもジェラルディンさんも父に緊張しているご様子です。父は眉間《みけん》にシワを寄せ、何かを思案しているようです。別に不機嫌ではないですと教えるべき？

「……新居を建てるか？」

んん？　父よ、それ私と母とアーク辺り以外に多分通じないよ？

「父様はジェラルディンさんとルーミアさんとジェンドの住む新居を敷地内に建てようか、と言っています」

通訳する私。あ、ルーミアさんがスープを吹いた。ジェラルディンさんはびっくりしてる……のかな？　尻尾《しっぽ》がぶわっとなってる。

「兄様、これ以上よくしていただく必要はないと何度も申し上げております！」

「……罪滅ぼしが、したい」

「ルーミアさんの結婚で力になれなかったこと、窮状に気がつけなかったからせめてこのぐらいさせてはもらえないか……だそうです。父様、私が説得しますか？」

「……その方が良さそうだな」

「説得って、おかしいです！　私は家を捨てて……」

「本当なら父が祖父をどうにか説得できていれば、ルーミアさんが家を捨てる必要はありませんでした。父はルーミアさんとまた会えて嬉《うれ》しいし、幸せになって欲しいと願っています。私も家族だんらんができる家でジェンドが幸せそうにすごすなら、嬉しいです。ダメですか？　ルーミア叔母《おば》様」

　私はルーミアさんに近寄り、しゅんとして首をかしげる。袖《そで》を少し引くのがポイントです。※女優・ラビーシャ様の指導。

「あ、う……」

「さすがはロザリンド。あざとい」

「俺もたまに、あれやられる。勝てる気がしない」

兄、聞こえているよ。台なしだよ。私なりにがんばったのに。

ディルク……勝てないのか（笑）。まあ、やるのはかまって欲しい時だからね。

カーティスとアークは後でしばく。笑いすぎだから。肉じゃが、出さないぞ。

ラビーシャちゃんとマーサは、何を悶《もだ》えているのですか。そもそも私に演技を教えたのはラビーシャちゃんでしょうが。

「お姉ちゃん、ぼく別のお家《うち》に住むの？」

ジェンドが不安げに聞いてきた。

「違うよ。普段はいつも通りだけど、夜はお父さん、お母さんとのんびりするの。うちの敷地内だから、いつでもこっちに来ていいよ」

「お母さん、どうするの？」

「というか、すでに手配していますよね？　さっき予定地に大工さんが来ていましたし。自由な風さんの拠点までありがとうございます」

「うむ」

「こらあああ！　兄様！」

「今日から着工しています。諦《あきら》めが肝心です。自由な風の皆様、要望を言うなら今ですよ」

彼らも想定外の事態に固まっている。沈黙を破ったのはジェラルディンさんだった。

「その……ローゼンベルク公爵は俺達の結婚に反対ではなかったのか？」

「ルーミアが貴殿を選んだのだ。ルーミアが幸せならば、問題はない。家族を捨てさせたのは私だ。すまない。窮屈なこの家より、外の世界の方がお前に合っているとも思った。お前はジェラルディン殿を選んで、幸せになれたのだろう。ならば、それでいい」

「兄様……」

「だから家ぐらい贈らせろ。数年越しの、結婚祝いだ」

「それに、もう先払いしていますからキャンセル不可ですよ」

「ルーミア、諦めて。こうなるとうちの旦那様は止まらないわよ」

「すいません、叔母様。諦めてください」

父、私、母、兄から告げられ、やっとルーミアさんは折れました。

「ありがとうございます、兄様。心遣い、ありがたく思います」

「うむ」

さて、話がまとまったところで、肉パーティーです。

「わああ、お肉だぁ。おいしい！」

キラキラと目を輝かせるポッチ。幸せそうにお肉を食べています。

はむはむはむはむはむはむはむと、マリーは一心不乱に肉を貪《むさぼ》っています。今日のお肉は食べ切れないぐらいありますよ？　おいしいですか。そうですか。

「……（幸せそう）」

ネックスはお肉と幸せを噛《か》み締《し》めている様子です。

さて、他は……自由な風のメンバーも肉を楽しんでいる様子。原形を理解していても気にならないみたいです。羨《うらや》ましい。眺めていたらビネさんに話しかけられた。

「……うまいな。姫さんも作ったのか？」

「はい。肉じゃがと肉巻きおにぎりとしぐれ煮ですね」

「初めて食べるけど、とてもおいしいわ」

シュガーさんが笑顔で話しかけてきた。

「お口に合ったようで、よかったです。たくさん食べてくださいね」

「可愛《かわい》くて料理上手な嫁さんかぁ……」

「しかも幼な妻」

「……浪漫《ろまん》だな」

ソールさん、ミルラさん、ビネさんがそんな話をしている。本人目の前でやめてくれ。しかし私は一言だけ言っておこう。

「幼な妻はやめてくださいね。ディルクはロリコン……幼児性愛者ではありません」

自由な風が全員吹き出して、そういうつもりで言ったんじゃないと全力で弁解してきた。解っているけどそうとも取れるじゃないか。しかも私は多分色々出来上がっているから彼色に染まる的な幼な妻の醍醐味《だいごみ》は無きに等しいしなあ。

カーティスとアークが爆笑していた。よく見たらマーサとラビーシャちゃんもプルプルしていた。笑いたければ笑いなさい。

マイダーリンディルクは涙目でした。

ジェラルディンさんはリスになっていた。いや違う。リスみたくほっぺにご飯を詰め込んでいた。

「ステーキ、おいしいですか?」

「ふがふご（こくこく）」

おいしいのだろう、多分。ルーミアさんはそんな夫を幸せそうに眺めている。ラブラブですな。

「……んぐ。まともな飯は久しぶりだ。それを差し引いてもうまい」

「ちなみにどれくらいぶりですか？」

「……」

首をかしげるジェラルディンさん。あまり物覚えがいい方でないのは、今日無理矢理思い出させた件で理解しているが、まさか。

「……夏か、秋ぐらいが最後か？　食ってはいたが、面倒だから全部直火で焼いたやつを食っていたな」※今の季節は冬。

「今日はたくさん食べてくださいね。ルーミアさんも、旦那さんにお野菜をしっかり食べさせてあげてください」

「はい」

周囲がドン引きする中、私とルーミアさんはジェラルディンさんにまともなご飯を与える同盟を多分設立した。

「主、野菜は好かんのだが」

「……あるじ？」

「げ」

首をかしげるルーミアさん。そこは全力でスルーしていただきたかったよ！

や、ヤバい！　背後から大魔神・兄の気配が……。

「ロザリンド？」

「はい……」

「報告、連絡、相談……いつも言っているよね？」

「喜んで報告させていただきます！」

大魔神・兄が降臨すると、お説教までがワンセットです。

ようやく兄にお許しを得て自分の席に戻りました。ディルクはおいしそうにご飯を食べています。

「ロザリンド、すごくおいしい」

にっこり私に笑いかけるディルクは安定の可愛さです。

「ディルク、それのおかわり、いる？」

「うん」

「ディルク、ご飯ほっぺについてるよ」

「う、うん」

「ディルク、これおいしいよ。はい、あーん」

「あ、あーって……だ、ダメ！　恥ずかしいから！」

「……だめ？」

途中まで流されていたが我にかえったディルク。ションボリとしてみせる私。

「……ディルクぅ」

ディルクの袖を少し引く。甘えた声でおねだりした。ディルクは私を見て……顔を真《ま》っ赤《か》にしたまま小声で返答した。

「こ、今回だけ。でも人前では控えて」

「うん！　はい、あーん」

上機嫌でディルクに食べさせる私。控えて、なのはラブラブアピールのために必要な時もあるからだ。余計な虫がお互い来ないように私とディルクはラブラブであることを周囲に見せつけている。私が楽しいうえに、悪い虫対策にもなる。まさに一石二鳥である。

「ディルク、こっちもおいしいよ」

「ロザリンドさん」

「邪魔しないで、カーティス。私はディルクにご飯を食べさせたい」

「ロザリンド様、お願いします。独り身が侘《わび》しくなるから、そろそろやめません？」

「却下」

「お姉ちゃん」

「何？」

「ぼくにもあーん」

ジェンドが大きく口をあけた。か、可愛い。断るはずもなく、私はジェンドに応じた。

「はい、あー……ん？」

右手が動かない……ジェンドにあげる予定のお肉は私の右手をつかんだディルクにぱくりと食べられました。なんかディルクとジェンド、睨《にら》み合ってない？

「主はジェンドの嫁になる気はないのか」

「ありませんね」

私の未来はディルクのお嫁さんである。そこはブレない。

「お姉ちゃん、ぼくお姉ちゃんにお嫁さんになってほしいな。そしたらずっと一緒でしょ？　だめ？」

可愛く首をかしげるジェンドに怯《ひる》む。否定するのも大人げない気がしたが、迷っている間にさらなる爆弾が投下された。

「ぼくも！　ぼくもお姉ちゃんがお嫁さんに欲しい」

ポッチさん、お姉ちゃんは物じゃないよ？

「では俺も」

ついでみたく言うな、オルド。

「……おれも」

ネックスよ、君もか……え？

「ネックスが喋《しゃべ》った⁉　お姉ちゃんネックスの声、初めて聞いたよ⁉」

「そう……だっけ？」

別に喋れないわけではないのは知っていたが、覚えている限りでは初めてだ。

「駄目」

いつの間にか腰に手があり、私はディルクのお膝《ひざ》の上にいた。

「ロザリンドは俺の。俺のお嫁さんになるから」

ディルクは不安げに私を覗《のぞ》き込む。同意して、と言われた気がした。私を拘束する腕は、微《かす》かに震えて私に不安を教えてくれた。

「うん。私はディルクのもの……ディルクだけのものだよ」

彼と目線を合わせて微笑《ほほえ》んだ。

「言葉で足りなければ、行動でも示しますが？」

「う……ん？　そ、それは二人きりの時で！　い、今はいい！」

ふはは、言葉の意味に気がついたらしいディルクはあわてふためく。ほっぺにチュッとキスをして、ジェンド達に謝罪した。

「お姉ちゃんはディルクのお嫁さんだから、他の人のお嫁さんにはなれないの。ごめんね」

私は大人げないと言われようと（いや、身体《からだ》は子供だけど）自分の伴侶《はんりょ》の安心を選びます！

「でも、ディルクとお姉ちゃんはまだこんやくしゃでしょ？　こんやくって、はきもあるんだよね。お嫁さんでも、りこんがあるよね」

あるよ。ありますよ。でも誰だ、ジェンドにそんな知識を仕込んだ輩《やから》は。ラビーシャちゃんか。後でお話があります。珍しく動揺をあらわにしたラビーシャちゃんに目線で合図した。できるメイド見習いは目線で察して耳をしゅんと垂れさせたが、許さん。

「あるけど、お姉ちゃんはディルクとしか結婚しない！　離婚もしない！　ディルクがおじいちゃんになって、死ぬまで一緒に居ます！」

「……ロザリンド」

ディルクは私に柔らかく微笑んだ。その瞳《ひとみ》には何か決意の色が見えた。

「ロザリンドは誰《だれ》にもやらない。幼くても獣人の男なら、俺のつがいが欲しいなら力を示せ。この中で一番彼女に相応《ふさわ》しいのは俺だ」

ディルクが笑った。見たことない、獰猛《どうもう》な笑みだった。あの……超怒っていませんか？

「ふむ、ならば俺が立ち会おう」

あくまでもマイペースなジェラルディンさん。もはやそのマイペースさが羨ましい。

「えーと……」

私がむしろこの展開についていけてない。ルーミアさんいわく魅力的な女性の取り合いは獣人の中ではよくあること。いい女の証明だから気にしない、と言われました。無茶言うな。こうして、私があわあわしている間に私の争奪戦が開催されることになってしまいました。

◇◇◇

室内は危険ということで庭の今日ジェラルディンさんを捕獲した場所に集まりました。魔法の明かりに周囲は照らされています。

参加者はディルク、ジェンド、オルド、ポッチ、ネックス。武器はそれぞれの得意武器を使用。ディルク↓ハンデで模擬戦闘用の槍《やり》。ジェンド↓鉤爪《かぎづめ》。オルド↓暗器。知っている限りではナイフ、手裏剣的な奴《やつ》、偃月刀《えんげつとう》、縄。ポッチ↓弓。ネックス↓両手斧《おの》。

マイペース大王のジェラルディンさんがディルクに争奪戦のルールをどうするか聞いてきた。

「勝ち抜きにするか？」

「いいえ、面倒なので、全員総当たりにしましょう。俺を倒せば勝ち。戦意喪失か戦闘不能が負けでいいよね？」

参加者全員が頷《うなず》いた。ディルクよ、面倒って……負ける気はまったくないようなので黙って見守ります。

「二人で同時にディルクを倒した場合は？」

オルドがルールをディルクに確認します。

「ありえないけど、その二人で決定戦をすれば？」

「わかった」

ルールは決定した様子です。審判はジェラルディンさん。参加者はディルクを取り囲むような位置をとり、全員が頷いたのを確認してジェラルディンさんが開始の合図をした。

「では、はじめ」

「ルオオオオォン‼」

ジェンドが合図と同時に獣化して、殺気と雄叫《おたけ》びを発した。気の弱いポッチは怯《おび》えて腰を抜かしたらしい。

「ポッチ、失格！」

「ふ、ふえぇ……」

涙目のポッチはマリーが回収して慰めているので大丈夫だろう。

予想外の攻撃に一瞬怯んだネックスをディルクは気絶させた。うん。目で追えないぐらい速かったよ？

「ディルクがキレてるわ。珍しいな」

カーティスもディルクの殺気に冷や汗をかいている。

「いや、今のディルクには勝てる気がしねーわ」

私もだ。試合の時でさえ、こんな気迫を感じたことはない。今のディルクは肉食獣そのもの。人間に太刀打《たちう》ちできるわけがない。

ディルクはジェンドの攻撃をいなすだけで仕留めようとはしない。ジェンドも強いが、ディルクには遠く及ばない。力・技量・経験。何もかもディルクに及ばないが、ジェンドは必死にディルクに攻撃をしかける。

オルドが背後から攻撃するが、振り返りもせずに暗器を避《よ》け、弾《はじ》く。ディルクはジェンドしか見ていない。

「……棄権する」

オルドは降りてそう言った。悔しそうだが嬉《うれ》しそうでもある。強い相手と戦うの、好きって言っていたもんね。

「悔しいが、今の俺ではどう足掻《あが》いても敵《かな》わん。力を蓄えて再戦する」

ディルクの戦い方を見て、私は凛《りん》が生きていた頃《ころ》よく行ったペットショップの店長さんの言葉を思い出していた。

『猫は好きじゃない。あれは残酷な生き物だ。獲物をなぶるからな』

ディルクは黒豹《くろひょう》だが、同じネコ科。怒りのあまりに獣性が活性化しているとは考えられないだろうか。そもそも私の争奪戦とか、おかしい。私は自分の夫は自分で選ぶ。誰が優勝したって私はディルクしか選ばないのに……。そう考えたら、腹が立ってきました。

ディルクはついにボロボロのジェンドにとどめを刺す気になった様子。最後の一撃。その瞬間に、

「ディルクのおバカァァァ!!」

小気味よい音と共に、私の戦乙女のハリセンがディルクに炸裂《さくれつ》した。さすが、最強武器。ハリセンといえどその威力はハンパない。私はディルクがジェンドに気を取られている隙に闇《やみ》の幻魔法で姿を消し、ハルの魔法で音と匂《にお》いを散らして近寄り、攻撃したのです。私はさらに叫びます。

「小さな子供をいじめたらダメ！　いじめ、ダメ！　絶対!!　そもそもこの戦いは無意味です！　私は自分の夫は自分で選びます！　私の意思を無視する人なんか、私は絶対に選びませんからね!!　今のディルクは嫌いです!!」

争奪戦参加者が全員ションボリとしたところで、キングオブマイペースのジェラルディンさんが高らかに宣言した。

「勝者、ロザリンド！」

皆様ポカーンである。ま、まぁディルクを戦意喪失させたものね。

「ジェンド、大丈夫？」

ジェンドに回復魔法をかけてやる。ジェンドは私を見ずにお母さんに駆け寄って大泣きした。

ジェラルディンさんは私の肩に手をやり、真顔で言った。

「幼いとはいえ男として戦ったのに、好きな女に助けられたあげく対象外の子供扱いだったのだ。そっとしておいてくれ」

あの……ジェンドの泣き声がさっきより酷《ひど》くなっています。ナチュラルに心の傷をえぐってトドメを刺しましたね？　ルーミアさんめっちゃこっちを睨んでいますよ。叱《しか》られてきてください。

確かに私も酷かったが、あんたの方が酷いわ。

「ロザリンド……俺、頭冷やしてくる」

ディルクはフラフラしながら歩きだした。

「俺、見とくわ」

カーティスがディルクを追う。

「お願いします」

今は私よりカーティスが適任だろう。私も頭を冷やしたい。

こうしていきなり始まった私争奪戦は、私優勝というわけがわからない結果で幕を閉じたのでした。

◇◇◇

俺、ディルク＝バートンがロザリンドに初めて出会った時、俺は疲弊しきっていた。獣人と人間の子供だから、どちらにも交われず、嫌われて蔑《さげす》まれることが当たり前だった。そんな俺を応援してくれて、屈託のない笑みをくれた彼女に俺が落ちたのは当然だろう。俺は彼女を奇跡みたいに思っていた。

俺は彼女に与えられてばかりだった。彼女は悪役になってまで俺の騎士団での扱いを無理矢理改善させ、その後も俺をフォローした。彼女のおかげで友人もできた。

獣人のイメージを良くしたいと俺を連れまわし、本当に改善させてしまった。彼女に出会ってから間違いなく貴族の風当たりは弱くなって、好意的な人間もいるぐらいだ。

そして何より惜しみなく俺に愛を囁《ささや》いて、幸せにしてくれる。彼女がいるだけで世界は輝いて、俺は幸せになれる。

だから、彼女を支えたかった。彼女を守れる自分になりたかった。努力は惜しまなかった。勉強も訓練も今まで以上に取り組んだ。騎士だったから、彼女の助けになれるように人脈も確保した。やっと、彼女が頼ってくれるまでになった。まだ彼女の横に立ててはいない。足りないけど、少しは進めたんだと思った。

それなのに、俺は失敗した。最低だ。彼女の意思を無視した。踏みにじった。

自分の獣人としての本能に、負けた。彼女を、自分のつがいを奪おうとしたジェンドが、子供達が許せなかった。目の前が真っ赤《まか》に染まったあの感覚。身の内を焦がすのではないかというほどの激しい怒り。ロザリンドが止めなかったら、ジェンドは死んでいたかもしれない。

「おーい、生きてる？」

「……死にたい」

「ばーか、生きろよ。嫁に叱られたぐらいで死ぬな」

カーティスに頭をペシペシされる。ロザリンドは追いかけてくれなかったのだ、という事実にさらに落ち込む。嫌われたの、かな。

「多分ロザリンドはたいして怒ってねーぞ」

「え？」

「ロザリンドは俺にお前を頼んだ。ガチギレしていたら、そんなことしねーだろ。むしろさらに奈《な》落《らく》に叩《たた》き落《お》とすだろ？」

「……確かに」

ロザリンドが本気で怒っていたらそれぐらいはするだろう。本人は否定するかもしれないけど。ああ、でも彼女は自分のことではそんなに怒らないな。彼女が本気で怒るのは、自分の大事なものを傷つけられた時だ。

「さっさと謝って仲直りしろよ。多分今頃《いまごろ》お前を心配してウロウロしてんじゃね？」

「うん。ありがとう、カーティス」

「おう、今度晩メシおごりでチャラなー」

「了解」

カーティスに背中を押されて、俺はロザリンドに謝りに行くことにした。

マーサさんに案内されて、ロザリンドの部屋の前に来た。深呼吸して覚悟を決める。

まず、きちんと謝ろう。


ノックして扉を開けたら、頭が見えた。え？　頭？


「嫌いなんて嘘《うそ》ですごめんなさい世界一愛してます‼」

ノンブレスで言い切ったロザリンドが、それはもう綺麗《きれい》かつ完璧《かんぺき》な土下座を披露していた。

「え？　えええええええ⁉」

出鼻をくじかれるとは正にこのこと。俺はアホみたいに叫ぶしかなかった。

ロザリンドは本当に予想外の塊みたいな女の子です。

◇◇◇

時間は少し遡《さかのぼ》り、カーティスをディルクの所に送り出した直後になります。

私は我が家のエントランスで落ち着きなく、意味もなくグルグル回っていました。

「落ち着きなよ、ロザリンド」

兄が呆《あき》れたように話しかけます。

「だって……私ディルクに嫌いとか言っちゃったんですよ⁉　確実に傷つきましたよ！　他に言い方があったはずなのに！　やっぱり私が行けばよかったぁ！　ディルクぅ～」

冷静になった私は涙目です。ディルクは獣人の母と人間の父の間に産まれた子であるためか、周囲から冷遇され、それを当然としてきたために自信がなかった。時間をかけて、やっと私に愛されていると思うようになってくれたのに……マイナスになっていたらどうしよう。

「だから落ち着きなよ。今回の件はディルクだって悪いでしょ。お互いの方向性は同じだったはずだよ。着地点がずれただけ。ロザリンドはディルクとしか結婚しないと言った」

「はい」

「ディルクはロザリンドを誰《だれ》にも渡さないために、力を示して自分がロザリンドに相応《ふさわ》しいとみんなに認めさせようとした」

「え？」

「そこからなの？　ディルクは負けるつもりなんて微塵《みじん》も無かったよ」

「獣人にはそうやって、つがいに言い寄る相手を叩きのめして認めさせる風習がある」

ジェラルディンさんが補足した。

「ディルクが悪かったのは、その辺りをちゃんとロザリンドに言わなかったことかな。ロザリンドの意思を無視して争奪戦になっちゃったからね。実際、ロザリンドには通じてなかったわけだし」

「それから、つがいを奪おうとする輩《やから》への怒りのあまり我を忘れていたようだ。若い獣人にはよくあることだな」

「そ、そうなのですか……」

つまり、すれ違ったわけかな。私もディルクにみんなにつがいだと認めてもらうためだから！と説得されていれば、怒らなかったかな？

「後、ディルクもやりすぎだったし、ロザリンドが止めたのはいいタイミングだったかも。ジェンドも引かなかったから、怪我《けが》じゃ済まなかった可能性もあったし」

「うむ。つがいを奪おうとして返り討ちにあい、命を落とすのは獣人にはよくあることだ」

「よくあってたまるか、マイペース脳筋‼」

戦乙女のハリセンがジェラルディンさんに炸裂した。兄もジェラルディンさんの発言にドン引きしている。

「人命第一‼」

「しかし男の戦いに……」

「人命第一‼　男のプライドとメンツなんて、人命の前では塵《ちり》に等しいわ‼」

「ロザリンドに同意。そんなので死なないでよ。生きろ」

兄もすかさず同意した。ジェラルディンさんは何か言いたそうだったが、またシバかれるのは嫌なのか黙った。

兄は私を優しく撫《な》でる。

「まぁ、カーティスさんは要領がよさそうだから、そのうちディルクも落ち着いて戻ってくるよ。部屋で待っていなさい。なんて謝るか、ゆっくり考えておきなよ」

「はーい。兄様ありがとう」

兄にギュッと抱き着くと、自室に戻って考えた。どう謝罪すべきだろうか。ごめんなさい？　大好き？　上手《うま》くまとまらない。私は必死に考えて考えて、考えた。

「お嬢様、ディルク様がお見えになりました」

マーサの声がした。待って！　まだ考えついてないの‼　もう少しだけ待ってください！　混乱する私だが、無情にも扉が開こうとする。

扉をディルクが開けた。私は誠意を示すため、古きよき日本の心・最終兵器DO☆GE☆ZAをもってディルクを出迎えた。

見よ、日本の心意気‼　私は完璧な土下座を披露した。

「嫌いなんて嘘ですごめんなさい世界一愛してます‼」

「え？　えええええ⁉」

ノンブレスで言い切った私に、ディルクは驚いた様子。一瞬見えた尻尾《しっぽ》がブワッとなっていた。

慌てて駆け寄るディルク。私を起こそうとする。

「なんで土下座⁉　謝るのは俺じゃないの⁉　怒っていたんじゃないの⁉　俺もロザリンドを世界一愛しています！」

「ディルク……！」

私は大喜びでディルクに抱き着く。混乱したからだろうけど、世界一愛していますだって！　キャー‼　私のテンションが大変なことになっています！

「録画するので、もう一回！」

「えええ⁉　なんで⁉」

「そんなの繰り返し観《み》て聴いて、幸せを噛《か》み締《し》めるために決まっています！　鑑賞用、保存用、布教用で後三回お願いします！」

「百歩譲って鑑賞用と保存用は解るけど、布教って何⁉」

「ディルクの素晴らしさを布教します！　後、自分の告白映像を見て恥ずかしがるディルクを見て私が楽しみます！」

「いい笑顔で言わないで！　それ、どんな公開処刑⁉」

「……だめ？」

「う」

「私、ディルクに言われたいな。ディルクは照れてあんまり言ってくれないし」

子猫のように擦り寄り、じっとディルクを見つめる。ディルクは真《ま》っ赤《か》になって涙目だ。

はぅ……安定の可愛《かわい》さ。

「ディルクぅ……」

甘ったるい声でおねだりをする。せめて、せめて鑑賞用は欲しい！

ディルクは私を抱きしめると、震える声で告げた。

「ロザリンドが誰より何より大好きだよ。あ、愛しています。俺はまだ君に相応しくないし失敗するかもしれないけど、ずっとずっと側《そば》に居て。君の意思を無視して、怒らせてごめんね」

「ディルク」

「……なに？」

「顔が見たい」

「勘弁して。今赤いし、顔が緩んでいるから」

背中に手をまわしてスリスリすると、ディルクもスリスリしてきた。あー幸せ。

「私、ディルクの緩んでいる表情が超好きです」

「……うん」

「見たい」

動いてディルクの顔を見ようとしたら、後頭部をおさえられて胸に押し付けられた。

「……だめ。恥ずかしい」

「恥ずかしがるディルクも大好きです」

「……それは……そうだね。ロザリンドは俺をからかうのが好きだよね」

「ライフワークと言っても過言ではありません。というわけで、私を怒らせた罰として、目を合わせて、愛の言葉をお願いします」

「そのライフワークはやめて！　しかも明らかにハードルが跳ね上がったよね⁉　さっきのは許してくれたんじゃないの⁉」

「許していますが誠意は欲しいです。それに大好きな人に愛を囁かれるチャンスですよ。私だって、たまには言われたいですよ」

覚悟を決めたのか私の両肩をつかんで距離を取り、ディルクは私の瞳《ひとみ》を見つめた。

「ロザリンド……」

ちゅ、と可愛らしいキスをされた。私の目をまっすぐ見て、真っ赤になり……羞恥《しゅうち》に震えながらもディルクは言った。

「どうしようもないくらい君が好きです。ロザリンドを……あ、愛しています」

限界だったらしく、私の肩に頭を乗せるディルク。

「えへへ」

幸せです！　いやもう、今の私こそお見せできないぐらい顔が緩みきっていますよ！

『どうしようもないくらい君が好きです。ロザリンドを……あ、愛しています』

「……ロザリンドさん」

「はい」

「……録《と》っていたのでしょうか？」

「バッチリですね！　ディルクの可愛さが凝縮されたかのような素晴らしさです！」

「こらあああぁ！　消して！　消しなさい！　むしろそんな魔具壊してやるぅぅ!!」

涙目で怒鳴るディルクは可愛らしいですが、私もここは譲れません！

「嫌です！　永久保存です！　私だけで楽しみますから!!」

結局、私だけで楽しむ。他人に見せない。必ず防音結界を使用してから見ると固く約束させられ、私はディルクの素敵映像を死守したのでした。

◇◇◇

ディルクは結局お泊まりになりました。カーティス、ジェラルディンさん、自由な風さん達もお泊まりです。ジェラルディンさんはジェンドとルーミアさんで川の字で寝るらしいですよ。いいですよね、家族って。

現実逃避しましたが、私の部屋には緊張したディルクが居ます。そして、私のベッドに枕が二つ。結局一緒に毎回寝ているのですから、いいのではないですか？　とマーサに言われた結果が今。

それでいいのか、公爵家。疑問は残るが仕方がない。私はディルクと寝たいし、拒否する理由もない。

落ち着かないらしくソワソワするディルクに声をかけた。

「ディルク、寝よう」

「あ、うん……」

なぜか乙女のように恥じらうディルク。自然と向かい合い、腕枕をしてもらう。言わなくてもしてくれるようになった辺り、慣れなのかな？

「……ロザリンド」

「はい？」

「あの、酔っ払った日だけど、俺本当にキスしかしてない？」

「……」

「なんで、無言で満面の笑みなの⁉」

ディルクのテンションが上がりそうな気配がしたので、おなじみの防音結界を展開する。

「あー、色々ありました」

「……色々？」

私は目を逸《そ》らした。どうしたものか。言いたくない。

「……言いにくいので、実演と私の記憶見るの、どっちがいいですか？」

「ちなみに実演は」

「されたことと同じことを私がディルクにします」

「き、記憶で！」

身の危険を察知したのか記憶を見せることになりました。まぁ、実演は冗談だったんだけどね。

私にディルクレベルの技術はありませんから。

ディルクに闇魔法で私の体験を夢の中で再現して見せた。魔法は終了したが、ディルクは前屈《まえかが》みで顔を真っ赤にして固まっている。

「……ちょっと行ってきます！」

ディルクは部屋から出て行った。男の子だから仕方ないかな？

待つことしばし。ディルクは帰還しました。解除していた防音結界をまた展開します。

「ロザリンド……」

私の肩をつかみ、私と目を合わせたディルク。青ざめて涙目です。どうしたのかな？

「はい」

「……全部思い出しました」

「……よかったね？」

「よくないよ！　最低だよ！　嫌がるロザリンドに無理矢理あんな……」

「いや？　嫌なわけがないでしょ。相手はディルクだよ？」

ディルクは一瞬固まったけど、赤くなりながら私に言った。

「だ、だって……俺なんかにべたべた甘えられたら、気持ち悪かったでしょ？」

「本気で嫌なら実力行使するよ。記憶、見たでしょ？　甘えられてデレデレな私の内心に気がつかなかったとは言わせませんよ」

「ロザリンドも抵抗してよ！」

「それがまさかのできないレベルの可愛らしさでした。いざとなったらアルコールを解毒するつもりが、ディルクの色気と可愛らしさにあてられて、正常な思考が不能になっていたし」

「あ、あうう……責任はとるから！」

「もちろんです。ちゃんと貰《もら》ってくださいね」

「うん。大好きだよ。可愛い俺のお嫁さん」

おでこにキスをされました。首に手をまわして、キスをねだると要望通りキスをされた。

「久々にディルクを可愛がりたいな。ディルク、獣化して」

「うん」

私の目の前に黒豹《くろひょう》が現れる。どんな姿だって、私の大好きなディルクだ。

「ディルク、ディルク」

抱き着いてもふもふを堪能する。冬毛だからもふもふ度が上がっている。サラサラな毛並みにフワフワがプラス。無敵のモフ心地である。久々に私のゴールドフィンガーでゴロゴロいわせてやりますよ！

「みゃあ……ふにゃぁん」

おうふ……可愛いとセクシーも共存できたのですね。新発見です。私のテクニックで、ディルクはウットリと私に身を任せています。子猫のように甘えつつ、ウットリした瞳は色気マックスです。

「ふみゃ……ロザリンド、もっとぉ……」

声だけで妊娠しそうなセクシーボイスありがとうございます。ごちそうさまです。

「ディルク可愛い……」

別にいかがわしいことはしてないのですが、ディルクのセクシーボイスのせいか変な気分です。顎《あご》下を撫《な》でられるの、大好きですよね。ゴロゴロ喉《のど》が鳴っていますよ。ふは、胸元にスリスリされるとくすぐったいな。

「みゅう……」

ペロリと口元を舐《な》められて、大人のキスをされ、胸に手がきた。

「……そういえば、胸ってマッサージすると大きくなるのですよね」

「へ？」

「しませんか？」

ディルクは私の発言で素に戻ったらしい。素早く私から飛びのいた。

「しないしないしない！」

「やはり、こんな中途半端な胸は触っても面白くないですよね」

「そうでもないけど、まずいから！」

「ディルク以外に頼めないのですが。ラビーシャちゃんは悪のりしそうだし、マーサには頼めないし、男性は却下だし」

「そ、それはそうかもしれないけど、本当になんでそこまでこだわるの⁉」

「凛はぺたんこでしたからね。憧《あこが》れなのです。可能性があるなら大きく、立派に育てたいのです！」

多少育った胸を撫でてため息をつく。

「それを俺にさせたい理由は？」

「結局出来上がりを見る人だから。夫婦初の共同作業ですよ！　後、アワアワするディルクをいじるのが楽しいから！」

「後半が本音だよね⁉　そんな夫婦の共同作業聞いたことないから！」

しかし結局ディルクは私の熱意に負けてマッサージをしたのですが、途中鼻血が出たので中止となりました。ディルクは気を遣ってぺたんこでも興味がある発言をしていたのだと思っていましたが、本当だったのだなぁと実感しました。

「楽しかったですか？」

「やめて！　思い出させないで！　今興奮すると確実に鼻血が悪化するからやめて！」

さすがに鼻血が悪化したら可哀想なので治癒魔法で止血・冷却して落ち着いたところで一緒に寝ました。

◇◇◇

朝、目が覚めるとディルクはまだ寝ていました。無防備な寝顔を見つめ、幸せを感じているとディルクが起きたようです。とっさに寝たフリをする私。

「……ロザリンド？」

甘くて優しい声がして、そっと私の髪を手がすいていきます。私を撫でる手は優しく、そっと目を開けると幸せそうな笑顔のディルクがいました。

「おはよう」

「おはようございます」

手早く身支度した私は失念していました。マーサが来て、普段通り挨拶《あいさつ》をしました。マーサがべッドを見てなにやら硬直しています。

「ついに成し遂げたのですね、ディルク様！　今夜はお祝いですね、お嬢様‼」

「「え？」」

シーツを見て、私は一瞬でマーサの誤解に思い当たりました。

「違うから！　鼻血だから‼」

シーツの血の跡を誤解したらしいマーサに説明して納得してもらうのが大変でした。

ディルクも涙目で説明しました。機能不全疑惑を向けられ、泣きました。


そんな騒動の後、朝食をみんなで摂りつつ私は改めて自由な風とジェラルディンさんに昨日《きのう》うやむやになった話の続きを話しました。父も参加です。予算を勝ち取ったそうで報酬は国から。これから正式に冒険者ギルドに指名特殊依頼を出し、受けてもらう形になるそうです。

「基本は我が家を拠点としていただきます。連絡はつくようにしていただきますが、任務がない場合は他の依頼をしていただいても構いません」

「情報はどこから？」

「基本は私の天啓とジェラルディンさんの天啓がメインになりますね。騎士団諜報《ちょうほう》部隊からの協力もあるかと思います。」

「了解した」

細かい報酬なんかは父が話し、当面自由な風とジェラルディンさんは、我が家に滞在することになった。

エントランスでディルクとカーティスを見送り、自室に戻るところでジェンドに声をかけられた。

「お姉ちゃん」

「あ、ジェンド。おはよう」

ジェンドは復活したらしく、私ににっこり微笑《ほほえ》んだ。

「僕、あきらめないから。強くなって、きっとロザリンドをお嫁さんにする。男として見てもらえるようにがんばるから」

「……え？」

流れるように去り際、ほっぺにちゅーをされました。

「ええ？」

見ていたらしい父が私の肩に手をポンと置いて言いました。

「ローゼンベルクの人間はこうと思う相手を見つけたら、そう簡単には意見を変えない。どうしても困った時は言いなさい」

「えええええー⁉」

仕事に向かう父を見送りつつ、混乱する私の叫びが我が家にこだましたのでした。

◇◇◇

皆様、こんにちは！　私ことロザリンド＝ローゼンベルクは建国祭に来ています。建国祭はこの国最大のお祭りです。他国からも観光客が来て賑《にぎ》わい、特に王都は賑やかで露店が並んでおります。王族のパレードなんかもあり、限定品も数多く、見所満載です。

私は子供達と兄とゲータ、ラビーシャちゃんでお祭り見学に来ました。ディルクは警備のお仕事でデートできず、残念です。お小遣いを子供達に持たせ、迷子《まいご》にならないよう言い聞かせてお出かけしました。


そして、迷子になった私。


迷子＝私。ロザリンド＝ローゼンベルク十二才。まさかの迷子。はぐれました。しかも道に迷いました。完全に迷子です。

「どうしようかな」

しかも見渡す限り人、人、人。探し出せる気がしませんよ。仕方なく緊急時に備えて持っていた通信魔具で、私は私で見て回るからと兄に一方的に告げて切りました。人が多すぎて魔力が阻害されるため、それしか言えなかったのもあります。

せっかくのお祭りです。ボッチでも楽しむべし！　限定スイーツに、普段は見ない異国のアクセサリー。お祭りはワクワクでいっぱいです。ま、まぁそれを見ていてはぐれたのですがね。

路地裏に身なりのいい獣人の少年がうずくまっているのを見ました。金色の毛並みにフサフサな耳と尻尾《しっぽ》。

「気分でも悪いの？」

連れもいないようだし、声をかけました。人さらいにでも連れていかれたら、良心が痛みますしね。

「は⁉　お前私が見え……いや、大丈夫だ。具合は悪くない」

「ふむ。お忍びですか？」

「……そんなところだ」

少年は偉そうだし、かなり高位の他国貴族と思われる。

「そんな身なりのいい服じゃ目立ちますよ。お忍びなら、まず恰好《かっこう》からです」

「は？」

立ってみると、少年は私より背が高い。十三か四ぐらいかな？

「行きましょう」

私は笑顔で少年の手を取った。何か魔法を使っていたのか、魔力が消えた気配がした。

「ま、待て！　引っ張るな！」

慌てながらも少年は素直について来た。適当に歩くと、見知った大通りに出られた。馴染《なじ》みの洋品店に入る。

「おや、珍しいお客様だね。ロザリンドちゃんのお友達かい？」

「お忍びみたいだから、一式平民っぽく見えるように見繕ってくれる？」

「あいよ」

気のいい店主さんは服と靴、帽子に大きめの鞄《かばん》も持ってきた。この店は獣人御用達で服はほぼ獣人用なのである。伸縮性がよく獣化に耐えるものや、魔法で完全獣化に対応したものもある。ジェンドや子供達の服は大体ここで購入している。

「お祭りだし、取っといて」

相場より多めに渡しておく。

「じゃ、好きな色を選んで」

「金は私が……」

「そんな金貨、ここじゃ使えないよ。私も両替できるほどは持っていないし……これ、どこの金貨？」

「ウルファネアだな。見たことがある」

店主さんが金貨を眺めてそう言った。獣人向け洋品店だから、交流があるのかもしれない。

「ふうん、まぁいっか。じゃあ、行くね」

「はいよ」

私は店主さんに手を振り、少年の手を取った。

「どこから行く？」

「ま、待て！　お前も一緒に行く気か!?」

「うん。洋服代がわりに付き合ってよ。連れとはぐれちゃったのよね。ダメかな？」

少年はため息をついた。瞳《ひとみ》は綺麗《きれい》な青だった。

「別に行くあても無かった。構わない。私は……ジェスだ」

「私はロザリンドだよ。じゃ、れっつごー！」

少年……ジェスは偽名っぽかったけど気にしない。限定ランチに食べ歩き。私は少し食べ、残りはジェスが食べてくれました。さすが獣人。よく食べます。

「ウルファネアとは味付けが違うな」

串焼《くしや》きを頬張《ほおば》りつつ、ジェスがそう言った。

「へえ、ウルファネアのって、どんな味付けなの？」

「キツイ匂《にお》いやスパイスを嫌う種族がいるからな。塩なんかでアッサリしていることが多い」

「……勝手なイメージだけど、味付けが面倒とかいうオチは？」

ジェスは目を逸《そ》らした。

「……多分それもある」

あるんかい！　正直だなー、ジェス。

「ふは、大味なんだね」

「そうとも言う」

ジェスも私につられたのか、薄く微笑んだ。なんかジェスは誰かに似ているのだけど、思い出せない。

夕方になり、お互い帰ろうと別れかけたところで、違和感を覚えた。ジェスが私の手を取り、人《ひと》気《け》のない方向に連れていく。角を曲がり、人がいないのを確認して、私を持ち上げた。

このパターンは嫌な予感しかしない。

案の定、ジェスはものすごいスピードで走り出した。悲鳴をあげたいが、多分ジェスは追っ手を撒《ま》きたいのだろうから我慢した。

「……死ぬかと思った」

王都を囲う塀も飛び越して、今は森の中。王都の壁、獣人なら簡単に跳び越えられるじゃないか。要検討案件だな。しかしホッとしたのもつかの間。殺気を感じた。私がターゲットではないようだ。先程の奴《やつ》らとも気配が違う。数は……五人か。

「ロザリンド、下がれ」

ジェスの身体《からだ》が膨れ上がる。みるみるうちに巨大なもふもふに変わり、五人の刺客を木ごとぶっ飛ばした。勝てないと判断したのか、刺客の気配はアッサリ消えた。

残ったのは、巨大な金色羽つきわんこである。背中には鳥の羽。身体はゴールデンレトリバー的な一粒で二度おいしいわんこである。

「き……きゃぁぁぁぁ！」

私の悲鳴にジェスは悲しげな瞳をして、飛び立とうとした。私は前足にしがみついた。

おおう、幸せなモフ心地。

「…………は？」

「素敵なもふもふ！　ジェス！　モフらせて！」

「………モフる？」

ジェスは首をかしげた。おう、つぶらな瞳がかわゆいな。

「うん。抱きしめて撫《な》でて、ふかふかした毛の感触を楽しむ！」

「……怖くないのか？」

「何が？」

「私が」

「別に？　頭から四つに裂けて臓物撒き散らしながら触手とか出てきたら、怖いかも」

「どんな化け物だ、それは！」

顔が犬なのにドン引きされたと表情でわかる。凛が存命時に、知り合いがくれたホラー映画の化け物ですよ。怖いを通り越して、トラウマもんでした。

「えー、見たいなら幻覚魔法使う？」

「いらん！　見たくない‼」

全力で拒否されました。賢明な判断ですね。あれは見ないほうがいいよ。

「で、もふもふしていい？」

なぜだろう。残念なモノを見る目で見られたような気がする。

「………本気か」

「本気」

「好きにしろ」

「やったー！」

素晴らしい巨大もふもふ！　モフり権ゲットです！　ナデナデしたり、巨大な肉球プニプニしたり、堪能させていただきました。

「楽しいか。変な奴だな。皆この姿を見れば恐れて逃げ出すのに」

「それはちゃんとジェスを見てないからでしょ。ジェスは私に怯《おび》えられるのも承知で私を助けようとするぐらいにいい奴だから、ジェスをちゃんと知っていれば怖いとかもないよ」

「……そうか。そうだな。親しい者は逃げないな」

「でしょ」

得意げな私にジェスは苦笑した。おや、お耳が王都方面を向いた。

「時間切れだ。なかなか楽しかった。王都まで送るか？」

「大丈夫。問題ないよ」

金色の翼をはばたかせ、わんこは飛んでいった。あんなデカイ奴、王都が騒ぎにならないかなと思ったが、よく見たら光の屈折操作魔法を使っているようだ。私は耳飾り効果で効かなかったのだろう。多分路地裏にいる時も使っていたんだね。

振り返らず飛んでいく金色羽つきわんこを見送り、私も帰宅した。

帰宅すると待ち構えていた大魔神・兄からお説教された上に、子供達から今度からおててつなごうねと追い打ちをかけられました。

見事私だけ迷子《まいご》になった手前、私は何も言えませんでした。

◇◇◇

建国祭翌日、ディルクがお休みとのことでデートすることになりました。

私服のディルクカッコイイ！　と浮かれる私。ここまではいつも通りだったのですが……。

「ロザリンド」

「はい」

「他の男の匂いがする」

「……はい？」

私はすぐに思いつかず、しばらくしてジェスのことに思い当たりました。

「……も、モフりました」

「……相手は誰《だれ》？」

「建国祭で迷子になった時に一緒に遊んだ獣人のジェスって子」

「……子供？　匂いは多分成人……」

「見た目十三ぐらい……多分」

ディルクがにっこり微笑《ほほえ》みました。目がまったく笑っていません。私は抱きかかえられ、自室にリターンさせられました。さりげなく、鍵《かぎ》までかけられた！

ベッドに押し倒され、こないだのモフモフもぐらさん事件を思い出しました。なんて学習しない私でしょうか！

「ロザリンドは、さぁ」

「うん？」

「獣人を撫でたりするのが好きなのは知っている。でも俺が同じことしたらどう？」

「同じ……こと」

想像してみました。ラビーシャちゃんあたりをナデナデしてもふるディルク。

「……浮気ですね。そして、私の今回も浮気ですね。ごめんなさい」

「今回は撫でたりしたぐらいなのは解る。それでも嫌。いくらでも獣化するから、ロザリンドが可愛がるのは俺だけにして。多少は仕方ないかもしれないけど……本当なら聖獣様も触って欲しくない」

ディルクは怒っておらず、悲しんでいた。私は本当に酷《ひど》いことをしたのだと、心から反省した。こないだは舐《な》めまわされた衝撃で反省するどころじゃなかったけど、こんなにもディルクを悲しませる行為は、してはいけない。

「……どんなに可愛《かわい》くてもふもふだろうとも、今後はディルクだけにします。我慢します。もふもふ不足になったら充電させてくださいね」

「……本当に？」

ディルクは驚いたようで目を見開いていた。

「ディルクを悲しませるぐらいなら我慢します。私も考えなしでした」

「ロザリンド……！」

嬉《うれ》しそうに私に擦り寄るディルクを抱きしめる。私の足に絡む尻尾《しっぽ》を撫でると、ディルクがビクッとした。

「ひぁ⁉」

「今回は私が悪いのでしませんけど、私が他をモフりたいと思わないぐらい、触らせてくれるんですよね？」

「う、うん……」

恥じらうディルクは乙女のようです。

「尻尾も、全部だよね？」

「う……え⁉　し、尻尾は……」

「ダメ？」

「が……がんばります。だから、他は触らないで」

ちゃっかり言質《げんち》を取ったものの、なんだか悪い男になったような気分です。

今回は私が悪いんだよなぁ。そこにまったくつけこまない辺り、私は本当に善良な恋人を見つけたと思う。

「ディルク、お仕置きは？」

「は？」

「悪い子には、罰を与えないと」

「……へ？　だって、ロザリンドは反省しているし、もうしないって約束したし」

発想が明らかに健全である。前回怒らせた見返りに告白映像をゲットした私とは大違いだ。

「私にしたいこと、して欲しいこと、無いの？　今ならなんでも言うこと聞くよ？」

ディルクはようやく私の意図を察したらしい。真っ赤《まか》になってあわあわしだした。何を想像したのだろうか。

「ひ……」

「ひ？」

「膝枕《ひざまくら》して」

「はい。生足ですか？　スカートはそのまま？」

「そのままで！」

私はベッドに座り、ディルクを手招きする。

「どうぞ」

ディルクは膝《ひざ》に頭をのっけるが、居心地《いごこち》が悪いのかそわそわしている。耳も尻尾もピーンとしていて緊張している様子。頭を優しく撫でると尻尾が擦り寄る。尻尾は撫でると逃げたがまた寄ってきた。

「ディルク……」

「ん……？」

「これ、なんてご褒美？　可愛い……幸せ……」

うっとりする私にディルクは苦笑した。起き上がると、私にキスをする。

「せっかくのデートだから、そろそろ行こうか」

私の髪を整え、私をベッドから連れ出す。

「急げばまだ間に合うね」

時計《とけい》で時間を確認し、ディルクは私を抱きかかえると窓から飛び出した。

ディルクに抱えられた私は貴族御用達の高級洋品店に到着した。

「すいません、予約していたのですが」

「お待ちしておりました、バートン様。お嬢様はこちらにどうぞ」

「へ？　え？」

挨拶《あいさつ》をした店主さんらしき人が上品な女性達に合図すると私は取り囲まれて奥に連れて行かれた。

二着の可愛いワンピースが部屋にある。片方は白いレースを基調に繊細な青い花……リッカの花が裾《すそ》に刺繍《ししゅう》され、清楚《せいそ》で可愛《かわい》らしい印象だ。

もう片方はワインローズを基調としたシンプルかつ大人っぽい仕上がり。鈴蘭が刺繍され、上品な印象だ。

「どちらもお似合いですわね……」

店員のお姉さん達がため息をつく。私そっちのけでどちらを先にするかでもめだし、店主さんに一喝されてようやく沈静した。

「お嬢様はどちらが好みですか？」

「……彼が好ましいと思うものがいいです」

つい照れてしまったが、お姉さん達はキャーっと盛り上がり、ディルクを連れてきてくれた。

「どうしたの？　気に入らない？」

「気に入ったけど、着るのはディルクがいいと思った服がいい……」

ディルク、壁が割れる。壁をドンドン殴ったら壊れるよ。壁を壊したら大変だよ。

「白い方で。アクセサリーと靴は、私が用意した物を使ってくれ。足りないものがあれば、金額は気にせず追加を」

「え、ちょ……」

「……お仕置きだから、俺が好きにしていいんだよね？」

まさかのここでお仕置き権行使⁉　ディルクはまた部屋から出て行き、私は着替えさせられて髪も直され、ディルクの所に連れていかれました。

「いかがですか？」

鏡で見たらなかなかだと思ったがどうだろうか？　服に合わせた白いレースで清楚に編みこまれた髪。靴も白だがリッカの花がついていて、まるであつらえたような……まさかあつらえたのか⁉

これ既製品じゃない気がする！

「すごくいいね。このまま着て行くから、着ていた服も包んで。もう一着も貰《もら》うよ」

「ありがとうございます」

「さ、行こうか」

さりげなくエスコートをされる。

「え、お金……」

「甘やかすって言ったし、ロザリンドはこういうのが苦手だって知っているよ。今日はロザリンドを好きにしていいんだよね？　だから当然、返すとか言わないよね？　俺が選んだ可愛い服でデートしてくれるんだよね？」

見事に私を言い負かすディルク。彼は確実に私の扱いが上達したようです。

「あの……ありがとう。に、似合う？」

「うん。想像以上に可愛《かわい》い。普段も可愛いけど、俺が選んだものだと思うと……なんだか満足感もあるかな」

「ディルクはこういうのが好きなの？」

片方はどちらかと言えば私好みのデザインだった。今着ているようなものは、可愛いとは思うが自分では選択しないだろう。

「店で見かけて、ロザリンドに似合いそうと思ったんだ。好みといえば、そうなのかな？　普段の服だってよく似合っているよ」

「……今度、一緒に服を選んでくれる？」

「喜んで」

「お礼に私もディルクの服選びたいな」

「うん？」

「ダメ？」

「いいけど……」

というわけで獣人御用達の洋品店でディルクの服を選ぶことになったわけですが……。

「ディルク素敵！」

ウルファネアの衣装を見つけてしまい、着てもらったら……素晴らしい！　ほどよい筋肉のラインがわかるピッタリしたチャイナ服みたいなウルファネアの衣装は、ディルクによく似合った。

「記念……記念に映像撮りたい！　家宝にするのでダメ⁉」

「……駄目。本人に見とれてください。これを着て出たら、さすがに目立つな。ロザリンド、今度また着てあげるから、別のを選んで」

ちょん、と私の鼻をつつくと優しく微笑《ほほえ》むディルク。か、かっこよすぎる‼　誰《だれ》だよ、上手《うま》くかっこつけられないとか言ったの！　ディルクか！

「ディルクがかっこよすぎて萌《も》え死ぬ……本気で惚《ほ》れなおしました！　結婚してください‼」

「ええ？　あ、ありがとう？」

私の奇行に戸惑いつつもディルクは嬉しそうに笑っていた。

結局ディルクの服はシンプルなもので落ち着きました。私と合わせ、白いシャツにブルーグレーのズボン。ダークブルーのコート。衿《えり》にワンポイントでピンを付けました。元がいいので服がシンプルだとさらに良さが引き立ちます。支払いは私がする！　私もディルクにプレゼントしたい！

じゃなきゃ帰る！　譲れない！　と主張した私が粘り、勝ちました。

「ロザリンド？」

「ディルク素敵……」

うっとりしてディルクに見とれる私。何時間でも眺めたい！

「あ、ありがとう」

「ディルクかっこよすぎる……ただでさえ美形なディルクがシンプルな装いによりさらにイケメンに！　記録を禁止された今、記憶に焼き付けるしかない！」

「い、いけめ？」

ディルクにイケメンについて説明しつつ、私達はデートを楽しみました。次はまたディルクが選んだ洋服でデートしたいと思います。

またディルクに似合う服も探したい。今日は色々あったけど、幸せな一日でした。

◇◇◇

ロザリンド十二才。今日から学校。本日は入学式です。私は結局庶民向けの王立魔法学校に行くことにしました。決め手は飛び級制度。試験的にこの学校は他に先駆け飛び級制度を導入していたため決めました。

理由は商人の子供は算数ができて当たり前。できることを習うのは無駄、という声があり、貴族も基礎知識は家庭教師でついていますから、貴族の呼び込みとそれに伴う寄付金を期待ってところかな？　国営だからさほど資金に困窮してないけど、最新設備を造れるほどではないだろうしね。

今日は馬車で送迎。兄はここでお別れで……あれ？　兄はにっこりと私に微笑みます。あれ？兄よ、シルベスター魔法学園の制服は？　コートの下、明らかに……。

「馬鹿な貴族の相手に疲れたし、せっかく飛び級が使えるなら使いたいだろう？　転校しちゃった」

「へ？」

「僕も同じ学校だよ。嬉《うれ》しいでしょう？　ロザリンド」

「あ、はい…………兄様酷《ひど》い！　報告・連絡・相談を私に義務づけておきながら、自分が守ってない！」

兄は愉快そうにケラケラ笑っている。

「たまには僕がロザリンドを驚かせてもいいじゃない。僕に嫌なら別のとこにしたらって言ったの、ロザリンドだし」

「ま、まぁ言いましたけども」

確かに兄が何やらイライラしていたから相談に乗ったら、クラスの馬鹿な貴族にゲータを悪く言われてお怒りだったから、言った。やめるぐらいの気持ちの方が、気も楽だろうと思ったから。

しかしまさか私の入学式に合わせて転校とか誰が予測するんだよ。兄はしてやったりと上機嫌に笑っている。

「ロザリンド、入学おめでとう」

校門前で待っていたらしく、礼服を着用したディルクが、私の王子様が花束持参でお祝いしてくれました。

「ディルク！　ありがとうございます。はあぁ、礼服超素敵です！　後で抱きしめてくださいね！」

「え、あ……後でね」

私の婚約者は今日も天使です。兄の呆《あき》れた視線が突き刺さりますが、気にしない！

兄と別れ、入学式の会場に入ると違和感があった。なぜ警備の騎士がいる。しかも多い。果てしなく嫌な予感がした。

入学試験首席だった私は、代表として挨拶をする。壇上にあがると、来たのは王子両方だったことが判明した。王子だからってなんで特別席なんだよと内心ツッコミつつ、私はつつがなく代表挨拶を終えた。

挨拶後、クラス分けされたが、私は案の定アルディン様と同じクラスになりました。

「よろしくな、ロザリンド」

「はい。よろしくお願いします」

アルディン様に挨拶を返す。周囲は遠巻きにアルディン様を見ている。

「お姉ちゃん、同じクラスで嬉しいなぁ」

「よろしくお願いします、ロザリンド様」

体格が小さかったので年下に見えていたが実は同じ年だったポッチとラビーシャちゃんも同じクラス。ネックス・マリーも実は年上だったのだが、まったく勉強してなかったので私と一緒に入学している。二人とはクラスが分かれたようだ。

あれ？　あの後ろ姿はもしや……。

「ミルフィリア嬢？」

声をかけると即座にふりむき私に叫んだ。今日も可愛いです。

「わ、私は貴女《あなた》が入学すると聞いてこの学校に来たのではなくてよ！　飛び級に興味がありましたの！　勘違いなさらないで！」

「はい。同じクラスで嬉しいです。よろしくお願いします」

「……こら。俺と態度が違わないか？」

ジト目でツッコミを入れるアルディン様。

「私はミルフィリア嬢と仲良くなりたいので、仕方がありません」

「ふーん、すでに仲良さそうだけどな」

「え？」

「そんなことはありませんわ！　わ、私はロザリンド嬢と仲良くなんて……あ、ありません！　私はロザリンド嬢なんてきら……」

え!?　私まだ嫌われていたの!?　泣きそうな私の視線に気がついたミルフィリア嬢。

「き、きら……いではありませんが、とにかく！　仲良くはありません！」

ミルフィリア嬢はもう言うことはない！　と優雅に身を翻して席についた。すかさず席にかまいに行く私。ウザがられようが怒られようが、仲が良いと言わせてみせる。

「……仲いいな」

「ミルフィリアちゃんはつんでれだってお姉ちゃん、言ってたよ」

「仲、いいですよね」

アルディン様達の声は聞こえないふりでやりすごしました。


今日は簡単なミーティング後に解散となった。

「飛び級の希望者は職員室まで来てください」

そう気が弱そうな女性のクラス担任に言われたので、職員室に行くことに。

職員室から空き教室に移され、飛び級について説明を受けた。その後テストを受け、翌日私は職員室に呼び出された。

「その……ロザリンド嬢」

確か、学園長だった……よね？　このおじ様とか思いつつ相槌《あいづち》をうった。

「はい」

「言いにくいのですが、君の学力はこの学校で学ぶレベルを完全にクリアしてしまっているのです」

「は？」

「全《すべ》てのテストで全問正解でした。さらに数学にいたっては未知の方程式による解き方をしていて、数学教師が教わりたいと騒ぐ始末です。まだ我が校では飛び級では最高学年または大学部への編入準備ができておりません。そこで提案なのですが、今年一年は我が校の特色でもある魔法院か騎士

団、あるいは商家への派遣制度を利用されてはいかがでしょうか。我が校としても、優秀な人材を手放したくはないのです」

「わかりました。派遣制度を利用したいと思います」

派遣制度とは、庶民向けのこの学校ならではの制度。見込みのある生徒を派遣し、職場体験させるというもの。基本は中学部の高学年から行うが、特別に許可してくれるとのこと。派遣中は出席扱いになり、テストも免除される。ちなみにディルクはここの卒業生で、この制度を特例で使い十才から騎士団に居たらしい。

「どちらを希望されますか？」

「騎士団で」

私は即決した。騎士の内通者探しをしたかったし、渡りに舟だ。

「騎士……ですか？」

学園長さん呆然《ぼうぜん》。情報を補足することにした。普通魔法院にするものね。

「私は冒険者として騎士団の討伐に参加経験がありますし、一応冒険者ランクもSです。よく手伝いもしていましたし、父と女性騎士の登用について話していたので必要な施設や備品・予算諸々《もろもろ》やりたいことがありますのでぜひお願いします」

討伐やら工作員妨害やらで魔物を倒しまくっていたら、入学前にSランク昇格をしてしまいました。学園長さんに渡された書類に目を通し、捺印《なついん》をした。

「ちなみに兄君もここで学ぶことが無くてね。魔法院の魔法薬科に派遣になったよ。来年には君達は高等部の最高学年か大学部行きになるだろうね」

「そうですか」

やっぱり兄はおかしかった。とても納得しました。私はロザリアが周回していたから仕方ないの。凛だって成人しているしね。


別に出る必要は無いのだが初歩魔法学は賢者のじい様がちゃんと教えてくれなかったし、基礎は大事だからと授業に出席することにした。それ以外は騎士団に派遣となり、無事受理されたと翌日書類が来ました。

帰宅して騎士団派遣の話をしたら、呆れた兄に言われました。

「ディルク、好きだよね」

「愛していますが、それだけで決めたわけじゃありませんよ！」

兄の中で私はどうなっているのか……聞きたくないので確認はしませんでした。

ちなみにディルクには内緒なので、びっくりさせようと思います。

◇◇◇

基本学校に参加しないことになった私ですが、今日は身体測定と体力・魔力測定のため登校しています。先に身長・体重・スリーサイズを計りました。胸がまた少し成長していましたよ。バストアップ体操とマッサージの成果ですかね？　いつの日か、理想のボディをゲットします！

さて、体力・魔力測定です。体操服に着替えて体育館へ。体操服は白いTシャツに紺のハーフパンツです。短距離走・幅跳び、反復横跳び・垂直跳び・前屈を体力測定で行います。凛の世界とほぼ同じ内容ですね。

うん。内容は同じだけど、獣人は規格外でした。オリンピックで優勝できそうな記録がバンバン出まくっていますよ。さて、短距離走はそろそろ私の番ですね。アルディン様も一緒に走るようです。

「負けないからな！」

これは勝負ではないのですが、そう言われると勝ちたい私。

「先生、魔法が使える人は使用可能ですか？」

気弱な女性……たまたま短距離走計測担当だったらしい私のクラス担任教師のミレイユ先生が返答した。

「使用はかまいませんが、使用と不使用の二回測定になります」

「わかりました」

「……魔法無しだぞ」

チッ、読まれたか。仕方なく着けていた重りの魔具を外す私。あー、手足軽い。見た目はリストバンドなので不思議そうなアルディン様。先生に預けたら、異常に重かったからか先生が倒れそうになった。ここで異常に気がついたアルディン様は、私に話しかけた。

「……ロザリンド、あの魔具はなんだ？」

「効率よくトレーニングをするための重りです。両手両足で四十キロです」

「……そ、そうか」

アルディン様は明らかに引《ひ》き攣《つ》っていた。いや、筋トレする暇があんまりないから考案したんだよね。

「位置について！　よーいドン！」

掛け声はどの世界も一緒だなぁとノンビリ考えていたら、ぶっちぎりでゴールしておりました。

ロザリアさん、さすがです。アルディン様が涙目ですよ。加減は？　勝負に情けは禁物だし、手加減がばれたら失礼？　確かに。

担任教師が恐る恐る話しかけてきました。

「あの、ロザリンド嬢……今の、魔法は……」

「使っていませんよ？」

「…………………そうですか」

なぜ先生は微妙な表情なのですか。ちなみに魔法を使ったら、私もオリンピックどころか人としてありえない記録が出ました。

「ロザリンドは何を目指していたらこんなことになるんだ!?」

「公爵令嬢としてこの数値はありえませんわ！」

体力測定が終わったら、アルディン様とミルフィリア嬢に責められた。なぜだ。

「……何があっても生き延びられるように、ですかね」

目標は十八才を超えて、ディルクのお嫁さんになって、素敵なおばあちゃんになってディルクと死ぬことかなぁ。

「何と戦うつもりだ⁉」

「そもそも本来なら守られる立場でしょう⁉　ありえませんわ！　鍛える意味がわかりませんわ！」

理由を素直に言ったら納得されませんでした。おかしいな。

「……本当は鍛えるのが趣味なのです。自分の限界を知りたいというか」

これはどちらかと言えばロザリア寄りの理由だが、納得された。残念なモノを見る目だった。なんでだ。

魔力測定は魔力を特殊な加工をした水晶に注いで測ります。色が属性。輝きが魔力量だそうです。

「では魔力を注いでくださいね。魔力を全部注ぐつもりでやってみてください」

言われた通りに魔力を注ぐ。水晶は目が眩《くら》むほどまばゆい様々な色の光を放ち、ピシピシと嫌な音がした。ヒビが入った気がする。

「……よろしいですよ」

気のせいだろうか。先生の顔が引き攣っていた。私の次はアルディン様だ。

「わぁ⁉」

水晶はまばゆい黄金の光を放ち、割れてしまった。こっそり離脱しようとして、ミルフィリア嬢に捕獲された。

「私、見ていたのですが、ロザリンド嬢が魔力を注いだ時にヒビが入っておりました」

ジト目で私を見るアルディン様。目を逸《そ》らす私。

「は、ハルー！」

「はいよー」

「これ直せない？」

ハルは水晶を手に取り考えてから返答した。

「俺よりハクが適任だな。土属性は鉱石系統も扱えるよ。がんばれば俺もできなくはないかもだけど、正直苦手な部類だな」

「わかった。ありがとう、ハル」

じゃあな、とハルが消える。

「ハクー！」

「はぁい。どうしたのぉ、ロザリンドちゃん」

「これ直せる？」

「んん？　ボク元の形を知らないからぁ、元通りは無理だけど直せるよぉ。これ魔力測定の魔具だよねぇ」

「それでいいですか？　先生？」

先生が頷《うなず》くのを確認して、ハクにお願いした。

「じゃあ、お願い」

「はぁいぃ」

柔らかな光と共に大きな鉱石の塊だった水晶は、手の平に乗るサイズの水晶球になった。

「効果は変わらないよぉ。魔力容量は増やしたけどぉ、ロザリンドちゃんが本気を出すとまた壊れちゃうから、気をつけてねぇ」

「わかった」

「じゃあボクお仕事中だから帰るねぇ。今ねぇ、ルー君の新作トマトを植えているんだぁ。おいしくできたら、ロザリンドちゃんにもあげるねぇ」

兄はゲータの影響か家庭菜園……いや規模が違う。家庭農園にはまり中である。兄の天啓・緑の手は野菜にも発揮され、兄の作る野菜はどれもおいしい。野菜嫌いの母がサラダでもりもり食べちゃうぐらいである。そんな兄は最近品種改良にも着手し、害虫がつきにくいものや痩《や》せた土地でも育つ作物を栽培中。ハクは最近、自主的にそれを手伝っている。

「楽しみにしているね」

じゃあねぇ、とハクも戻った。あ、あれ？　私めちゃくちゃ視線集めていませんか？

「ロザリンド嬢」

「はい」

「……職員室に来てください」

「……はい」

私は計測係とは別の先生に連れられて、職員室に行くことになった。お説教……ですよね。壊してしまったのをスルーしようとしたし、直せばいいってもんでもないですよね。気分はドナドナです。

職員室に到着すると、先生の瞳《ひとみ》はキラキラしていた。痩せてひょろっとした男の先生は確か魔法学の講師だったはず。

「君は、複数の加護持ちなのかい？」

先生は興味津々なのを隠そうともしない。面倒な気配がする。これはお説教でもなんでもなく、自分が興味あるやつだ、多分。

「……そうです」

ハルとハクを呼び出した手前、嘘《うそ》をついても仕方ないので正直に返答した。

「属性は？」

「風と土です」

「へ？」

先生が固まった。正直に話したのですが？　先生は硬直が解けると興奮して、普通は対極とされる属性加護は持てない。計測時の魔力量といい属性といい、魔法院に行くべきだと熱心に告げた。

しかし、残念だ。

「興味がありません。私、魔法は賢者様から指導を受けたのです。彼以上はこの国に居ませんよね？」

「……賢者様⁉」

やっべ。藪蛇《やぶへび》だった模様。先生はさらに瞳を輝かせた。ビームが出るんじゃないかなぁ……ぜひとも授業をして欲しいと言われたけど、じい様の指導は正直、適当以外の表現が思い付かない。他人に指導できる気がしない。基本は好きに本を読んで実践だったしなぁ……。先生を鎮静させて断ることにかなりの労力を費やし、翌日学園長にも魔法院に行かないかと言われました。

だから今は行かないってば。バッサリとお断りしました。

エピローグ　ディルクの手紙

今日もディルクからの返事を眺めている。ディルクは案外筆まめで、毎回お弁当の感想や、日常のことを書いてくれる。可愛《かわい》らしい花モチーフの便せんとセットの封筒は、明らかに女性が好むデザインだ。さりげない私への気遣いに、今日も胸キュンです。

内容はカーティスが怒られている話が多いかな。缶詰をそのまま火にかけて破裂させてしまったり、気に入らない貴族のカツラを盗んだり……。かなりくだらないが、毎日楽しそうで何よりだ。大体毎日何かをやらかすから、ネタに事欠かないのだろう。仲良くなった人の話や、ちょっとした愚痴……ディルクの日常が知れて、とても嬉《うれ》しい。

今日の手紙も、楽しみだ。わくわくしながら、慎重に封を切った。

大好きなロザリンドへ。

今日もお弁当をありがとう。新作のカツサンド、だっけ？　サクサクでじゅわっとして、すごくおいしかったよ。今度はロザリンドと食べたいな。以前と違って、一緒に昼食を摂《と》る友達もできたけど……ロザリンドがいないと寂しいと思ってしまう。俺、いつの間にかすごく欲張りになっちゃったみたい。

この間、やっぱりまだ獣人を嫌っている人がいて、心無い言葉に、ちょっとだけ傷ついた。でもね、フィズが怒ってくれた。カーティスは、それ以来その人に地味な嫌がらせをしている。ヒューは軽そうに見えて、そうでもないんだ。そういう人のかわし方を教えてくれた。アデイルはその人の弱みを教えてくれたけど……脅すのはあんまり俺向きじゃないかな。

黙っているだけじゃなくちゃんと対話をするようになったから、わかってくれる人達も増えてきたんだ。フィズ以外にも怒ってくれる人がいたよ。ロザリンドがまた騎士団に来たら、紹介したいな。

学校はどうかな？　友達はできた？　俺はあんまり学校にいい思い出がなかったけど、ロザリンドならきっと、楽しい学校生活を送っているんじゃないかな？　おかしいね。毎日手紙を書いているのに、ロザリンドに聞きたいことがたくさんあるよ。また会える日を、楽しみにしているね。ディルクより。

「ディルクに会いたい」

手紙はいいんだけど、読むと会いたくなってしまう。とりあえず、手紙を宝物入れに大切にしまった。ふふふ、もうすぐ騎士団に派遣……またディルクにたくさん会えるんだから、もう少しだけの辛抱だ。早く教えてしまいたい気持ちを我慢して、私は眠りについた。

あとがき

こんにちは、明《めい》です。皆様のおかげで、無事二巻をお届けすることができました。これも応援してくださる皆様のおかげです。

元々、私は読者様に恵まれている自覚はありました。皆さん、下手すると私よりロザリンドを大事にしてくださっていましたからね（笑）。誤字報告をしてくださる親切な読者様もいらっしゃいますし、「小説家になろう」でいつも感想を楽しく拝見しております。最近返信ができていないのが心苦しいですが、確実に継続の力となっています。

一巻を出してから、改めて色々な方に支えられているのを実感いたしました。宣伝のために一巻発売のカウントダウンしないの？　とか、ランキングに載っていたよとか、皆様から一巻について様々なアドバイスや報告をいただきました。「悪役令嬢になんかなりません。私は『普通』の公爵令嬢です！」略して「悪なり」は、皆様の優しさでできているに違いないのです。

ノープロット・ノープランで勢いのままに走り続けた「悪なり」がこんなに続いたのも、私自身がここまで来られたのも、間違いなく読者様のお力によるものです。改めて、皆様に感謝したいと思います。

さらにさらに「悪なり」のコミカライズが決定したのは前回報告いたしましたが、そちらの追加情報をこの場でご報告させていただきたいと思います。

コミカライズ版「悪なり」はB's-LOG COMICで連載中。漫画はユハズ先生で、コミックウォーカーの「異世界コミック」でも読めるそうです。私も一話を読みましたが、ぼんやりとしたイメージが明確になるという、とても不思議な感覚でした。漫画になった「悪なり」の続きが今から楽しみで仕方ありません。話の流れを知っていても、すごく面白かったですよ。皆様のおかげで知らなかった世界に触れることができ、毎日が楽しくて仕方がありません。

たまたま参加したとある研修で「貴方《あなた》の青春はいつですか？」という質問がありました。私は少し考えて、「夢をかなえた今だと思います」と返答しました。本職は純粋に食べていくために資格取得をした経緯があり、それがコンプレックスだったこともありました。今は副業が充実していてとても満足しています。願わくば、この青春がいつまでも続いてほしいですね。

感謝を述べるに際し忘れてはいけないのは、担当のH様。いつもお忙しい中ありがとうございます。そして、イラストレーターの秋咲《あきさき》りお様。カラー口絵のロザリンドのワンピースを見て、プロってすごいと叫びつつ、ガッツポーズをしてしまいました。

最後に、この本を手に取ってくださった皆様へ。ここまでお付き合いいただきまして、ありがとうございました。また近いうちにお会いできると嬉《うれ》しいです。

カドカワBOOKS

悪役令嬢《あくやくれいじょう》になんかなりません。私《わたし》は『普通《ふつう》』の公爵令嬢《こうしやくれいじょう》です！ 2

2020年1月10日 初版発行

著者／明《めい》。

発行者／三坂泰二

発行／株式会社KADOKAWA

〒102-8177
東京都千代田区富士見2-13-3
電話／0570-002-301（ナビダイヤル）

編集／カドカワBOOKS編集部

印刷所／旭印刷

製本所／本間製本

●お問い合わせ
https://www.kadokawa.co.jp/（「お問い合わせ」へお進みください）
※内容によっては、お答えできない場合があります。
※サポートは日本国内のみとさせていただきます。
※Japanese text only

Printed in Japan
ISBN 978-4-04-073450-7 C0093

新文芸宣言

　かつて「知」と「美」は特権階級の所有物でした。

　15世紀、グーテンベルクが発明した活版印刷技術は、特権階級から「知」と「美」を解放し、ルネサンスや宗教改革を導きました。市民革命や産業革命も、大衆に「知」と「美」が広まらなければ起こりえませんでした。人間は、本を読むことにより、自由と平等を獲得していったのです。

　21世紀、インターネット技術により、第二の「知」と「美」の解放が起こりました。一部の選ばれた才能を持つ者だけが文章や絵、映像を発表できる時代は終わり、誰もがネット上で自己表現を出来る時代がやってきました。

　UGC（ユーザージェネレイテッドコンテンツ）の波は、今世界を席巻しています。UGCから生まれた小説は、一般大衆からの批評を取り込みながら内容を充実させて行きます。受け手と送り手の情報の交換によって、UGCは量的な評価を獲得し、爆発的にその数を増やしているのです。

　こうしたUGCから生まれた小説群を、私たちは「新文芸」と名付けました。

　新文芸は、インターネットによる新しい「知」と「美」の形です。

2015年10月10日

井上伸一郎

料理で胃袋わし掴み!?
男子高校生、異世界で
主夫生活始めます!
B's LOG COMICにて
連載中!
ビーズログコミックスより
コミックス絶賛発売中!!
漫画：不二原理夏
原作：港瀬つかさ
キャラクター原案：シソ
最強の鑑定士って誰のこと?
1
不二原理夏
港瀬つかさ
シソ